Text und Gestaltung: Andreas Ruepp
Erstveröffentlichung: 2025

Die Jugend fliegt, ein leichter Wind,
ein Lächeln, das den Tag gewinnt.

Die Heimat bleibt, verborgen sacht,
ein Echo, das noch leise wacht.

Die Liebe brennt, ein wildes Licht,
wir tanzten blind und sahen nicht.

Erst später spürt man, was vergeht –
dass Schönheit still im Schatten steht.

Für Mama und Papa

INTRO

Inmitten der sanften Hügel und pittoresken Landschaften des Allgäus, wo die Zeit in gemächlichem Tempo voranschreitet und die Traditionen tiefer verwurzelt sind als die Apfelbäume, begann meine Geschichte.

Geboren und aufgewachsen in einer beschaulichen Kleinstadt, wo die größte Aufregung das jährliche Kinderfest und die ausgelassene Fasnet darstellten, schien mein Leben auf festgefahrenen Gleisen der provinziellen Beschaulichkeit zu verlaufen. Bis zu jenem verhängnisvollen Tag, an dem vier junge Männer aus Liverpool die wohl geordnete Idylle meines Daseins durchbrachen und mich in eine unaufhaltsame Spirale persönlicher „Katastrophen" stürzten. Mit zehn Jahren zogen mich die Beatles aus meiner „Freitagabend Hitparade"-Seligkeit heraus, geradewegs in das Debakel meiner schulischen Laufbahn.

Mit einer stoischen Gelassenheit, die nur jugendliche Rebellion hervorbringt, entschieden mein Freund Hannes und ich, dass unsere Zeit besser in das Erlernen der Gitarre als in die Nichtigkeit der Hausaufgaben investiert war. Tag für Tag saßen wir zusammen, unsere Finger auf den Saiten statt auf den Stiften, während die Sonne über den malerischen Wiesen des Allgäus unterging. Die Klassenzimmer, gefüllt mit eintönigen Lehrbüchern, verwandelten sich in die Kulisse unserer glanzvollen Träume.

Die Mädchen damals dufteten nach 8x4 und Wrigley's Spearmint, und wer einen Sweater mit großem BOSS-Aufdruck trug, war ganz oben auf der Beliebtheitsskala. Nicht meine Welt – ich, immer mit einem Traum im Kopf, der mir bis heute unerfüllt geblieben ist. Doch an diesem Traum durfte ich kratzen, ihn berühren, und das gab meinem Leben eine Richtung, die jenseits des Konventionellen lag.

Und dann gab es da noch den Schlachthof, der eine entscheidende Rolle für mich spielen würde, sehr zur Beschämung meiner Mutter, die mich so gerne im Anzug mit Krawatte in einer Bank als Azubi gesehen hätte. Dass ich im Schlachthof meine Ausbildung zum Kaufmann machte, sollte sich jedoch als eine wichtige und wertvolle Erfahrung herausstellen. Am Ende wurde meine Mutter sogar richtig stolz auf ihren BWL-Studenten.

Mein ganzes Leben war von Anfang an von einer Zweigleisigkeit geprägt, und dieses Buch ist nur ein Teil der ganzen Geschichte. Mein naiver Glaube, Musiker zu werden und die Welt zu erobern, wurde zum Leuchtfeuer meiner Jugend. Während andere von Karrierewegen und solider Ausbildung sprachen, malte ich mir eine Zukunft in den schillerndsten Farben aus. Ironischerweise war es gerade dieser kindliche, ungezügelte Traum, der mich durch die unbeständigen Jahre der Adoleszenz führte und mir einen Sinn inmitten des Chaos verlieh.

Dieses Buch ist eine Hommage an jene Tage – an die naive Zuversicht und die Leidenschaft, die das Leben erst wahrhaft lebenswert machen. Es erzählt die Geschichte eines Traumes, geboren in den friedlichen Gassen einer kleinen Stadt, der hinaus in die große, ungestüme Welt strebte. Es ist die Geschichte von Freundschaft, von Musik und von der unermesslichen Kraft der Träume, die, so absurd sie auch erscheinen mögen, die Essenz unserer Existenz ausmachen.

Selbstverständlich handelt es sich hierbei nicht um eine astreine Biografie, sondern um eine Fiktion nach wahren Begebenheiten. Mit Sicherheit ein Fragment aus einer anderen Welt, wenn man bedenkt, dass wir keine Handys hatten.

Anstatt WhatsApp hatten wir kleine Zettelchen vertrauensvoll durch die Schulbank gereicht. Unser sozialer Austausch fand nicht in Chatrooms statt, sondern draußen am Bolzplatz, im Juze, in der Disco oder im Partykeller eines Freundes, dessen Vater ihn für das ein oder andere Fest zur Verfügung stellte. Wer der Welt mitteilen wollte, wie sein Abendessen aussieht, musste sich dazu wenigstens mit Megaphon auf den Marktplatz stellen und es laut verkünden.

Für die neuesten Nachrichten und Gerüchte griff man zum Telefonhörer und führte lange Gespräche oder traf sich direkt, um sich persönlich auszutauschen. So entstand eine ganz andere, direktere Form der Kommunikation, die weniger von Technik und mehr von zwischenmenschlichen Begegnungen geprägt war.

Tatsächlich könnte man sagen, es war eine Zeit, in der selbst die Fantasie auf festen Linien lief – und dennoch, hier liegt der Zauber, das Besondere. Eine Reise zurück in eine Ära, die gleichermaßen vertraut und doch unvorstellbar erscheint.

In einem Zeitkorridor von acht Jahren dieser Ära, zwischen meinem 10. und 18. Lebensjahr, spielt meine Lebensgeschichte, die, obwohl sie nicht immer auf selbsterlebten Geschichten basiert, dennoch aus meinem direkten Umfeld stammt, durch Hörensagen, durch die Erzählungen derer, die mir nahe stehen, die Freunde und Bekannten, die sich an meine Seite drängten und wieder verschwanden, wie es eben so ist im Leben.

Das eine oder andere Detail mag in der Erinnerung verschwommen sein, vielleicht ausgeschmückt, vielleicht verfälscht, doch die Essenz bleibt: ein Mosaik aus Erlebtem und Erzähltem, aus Wirklichkeit und Legende, ein Bild, das die Zeit und die Menschen um mich herum gezeichnet haben.

Als ich immer tiefer im Schreiben war, wurde mir auch immer mehr bewusst, was für eine Bedeutung diese Zeit für mich hatte:

… es waren acht Jahre Glück.

KINDHEITSRITUALE

In den 70ern im Allgäu aufzuwachsen, ist so eine Sache für sich. Man lernt schnell, dass es Dinge gibt, die man einfach tut, ohne groß darüber nachzudenken. Zum Beispiel das ewige „Grüß Gott" sagen.

Ich marschiere jeden Morgen zur Grundschule am oberen Graben, die Schultasche baumelnd und das Pausenbrot fest umklammert. Mein Schulweg führt mich jeden Morgen zuerst zur Allmandstraße, zum Haus von Uwe, meinem Grundschulfreund. Da wartet immer die gleiche Zeremonie auf mich: Ich klopfe an den runtergelassenen Rollladen der Küche. Kurz darauf das Rattern der Kurbel, der Rolladen fährt hoch, und Uwes Mama steckt den Kopf raus: „Uwe kommt glei, er putzt no seine Zähne." Kaum ausgesprochen, schwupps, steht er neben mir, mit Zahnpasta-Geruch in der Luft, bereit zum Abmarsch.

Gemeinsam ziehen wir los über die Wilhelmshöhe, am alten Kriegerdenkmal vorbei, die Schule im Visier, als gäbe es nichts Wichtigeres auf der Welt.

Schon von weitem sehe ich Frau Fleischle auf uns zukommen, eine Frau, die für meine Oma immer wie eine treue Weggefährtin war, weil sie beide das schwere Los der Flucht aus Schlesien teilten. Mit ihrem festen, doch freundlichen Schritt nähert sie sich mir, auf dem Kopf ihre unverwechselbare Pelzmütze, die sie in der kalten Jahreszeit stets begleitet. Darunter trägt sie eine dunkle Hornbrille, deren linkes Glas fast unmerklich verhangen ist, weil ihr linkes Auge vom grünen Star getrübt ist.

Doch ihr rechtes Auge, das noch klar und wach ist, mustert mich aufmerksam und verengt sich zu einem schmalen Streifen, als wollte es mit einem warmen, aber prüfenden Blick sagen: „Na, haben die Jungen auch Manieren?" Da schwingt kein Vorwurf mit, sondern eher eine liebevolle Sorge, die sicherstellen möchte, dass wir auf dem richtigen Weg sind, wie eine Oma, die einen mit einem strengen, aber herzlichen Blick bedenkt.

„Grüß Gott, Frau Fleischle!" sagen wir, und in dem Moment öffnet sich ihr wachsames Auge, als hätten wir den richtigen Schalter umgelegt.

Ein warmes Lächeln breitet sich auf ihrem Gesicht aus, als hätte sie gerade beschlossen, mir den Tag zu versüßen.

„Grüß dich Gott, Andreas! Da hasch aber einen netten Freund. Wie geht's denn deiner Mama?", fragt sie mit einer Stimme, die so vertraut klingt, dass man fast meinen könnte, sie hätte schon mein ganzes Leben lang über mich gewacht.

„Gut, Frau Fleischle", antworte ich, wohl wissend, dass hier jeder höfliche Tonfall zählt.

Sie nickt zufrieden, als hätte ich gerade eine kleine, aber bedeutende Prüfung bestanden. Aus ihrer braunen Krokohandtasche, die bestimmt schon so manchen Winter überstanden hat, zaubert sie zwei Bonbons hervor – ihre Art, uns für unsere gelungene Manierlichkeit zu belohnen.

„Ja wunderbar, und sag deiner Oma liebe Grüße von mir. Ich komme bald mal wieder auf einen Kaffee vorbei", spricht sie mit einem Augenzwinkern, das fast so süß ist wie die Bonbons, die sie uns reichte.

„Danke, Frau Fleischle, mach ich", antworte ich, während ich das Bonbon in Empfang nehme und mir denke, dass solche Begegnungen den Alltag doch irgendwie heller machen.

Ich kann nicht anders, als zu lächeln, auch wenn ich manchmal nicht wirklich in der Stimmung dafür bin. Es ist ein Reflex, eine fest in mir einprogrammierte Reaktion. Die Erwachsenen erwarten es einfach, als wäre es das Selbstverständlichste der Welt. Und wenn ich dann mit Mama im kleinen Edekaladen unserer Siedlung von Herrn Schmid stehe, ziehe ich mein bestes „Grüß Gott!" aus dem Hut, während ich versuche, unauffällig einen Blick auf die bunten Bonbongläser zu erhaschen.

Manchmal würde ich am liebsten den Mund halten, aber dann kommt immer wieder dieser strenge Blick von Mama. „Hast du auch gegrüßt?", fragt sie mich mit ihrem unwiderstehlichen Lächeln, das mir signalisiert, dass es nicht strafbar ist, nicht zu grüßen, aber einfach sein muss. Und so wird das „Grüß Gott" zu einem Ritual, das mir genauso in

Fleisch und Blut übergeht wie das morgendliche Zähneputzen.

Noch wichtiger ist die regelmäßige Präsenz beim Gottesdienst am Sonntag. Mindestens ein- bis zweimal im Monat muss man dort gesehen werden, sonst gibt es Gemurmel und Getuschel. Die älteren Stadtbewohner, allen voran meine Religionslehrerin, haben ein wachsames Auge darauf, wer wann in der Kirche erscheint. Diese Lehrerin, der ich damals einen meiner berüchtigten Grundschulstreiche spielte, indem ich Ketchup unter die Türklinke schmierte – ein Streich, der mir zwar einen bösen Rapport bei meiner Mutter einbrachte, aber gleichzeitig ein verschmitztes Lachen auf das Gesicht meines Vaters zauberte. Aber das ist eine andere Geschichte.

Ich sitze dann in einer der langen Bänken, fühle mich oft wie ein Zuschauer in einem Stück, dessen Sinn mir nicht ganz klar ist. Doch das spielt keine Rolle. Man tut, was man tun muss, ohne Fragen zu stellen. An was ich mich sehr gut erinnern kann, ist die wunderschöne Stimme, mit der meine Mutter die Lieder im Gotteslob mitsingt. Ich bin jedes Mal von dieser Stimme beeindruckt. Es ist, als würde sie die alten Gemäuer der Kirche zum Leben erwecken, und für einen Moment fühlt sich die steife Zeremonie weniger fremd und mehr wie ein Teil von mir an.

Die Siedlung, in der wir wohnen, heißt „Repsweihersiedlung". Ihren Namen trägt sie von dem kleinen Weiher, der direkt angrenzt und eine beschauliche Ruhe ausstrahlt, die man in einer solchen Siedlung kaum erwarten würde. Zu der Zeit, von der ich spreche, ist die Siedlung auch dafür bekannt, dass hier Wohnraum für Flüchtlinge aus dem Zweiten Weltkrieg geschaffen wurde. Noch vor meiner Zeit war es ganz normal, dass man in dieser Siedlung einen kleinen Stall für ein Hausschwein hatte, vielleicht auch ein paar Gänse und Hühner – alles zur Selbstversorgung, versteht sich.

Der Gänseliesel Brunnen im Zentrum der Stadt wurde von diesen Menschen mit ihrer bewegten Vergangenheit gerne als ein Symbol ihres ungebrochenen Überlebenswillens betrachtet, auch wenn seine eigentliche Bedeutung vielleicht eine andere ist.

Meine Mutter ist eine von vier Geschwistern und kommt auf der Flucht aus Schlesien nach dem Zweiten Weltkrieg zur Welt. Meine Oma steht damals vor der Wahl: Leutkirch oder Schweinfurt – zwei Orte, an denen sie mit ihren vier Kindern ein neues Leben beginnen soll. Mein Opa, ihr Mann, ist im Krieg gefallen. Hätte sich meine Oma nicht für das klangvollere Leutkirch entschieden, dann wäre ich wohl in Schweinfurt aufgewachsen. Aber meine Oma, streng katholisch wie sie ist, hätte niemals zugelassen, dass wir in einem Ort mit einem so unchristlichen Namen wie Schweinfurt groß-werden. Doch zu dieser Geschichte komme ich später noch.

HI HI HILFE

Es ist Winterzeit, und gerade in dieser Zeit hat die Siedlung einen besonderen Flair. Alle Bäume sind vom Schnee gepudert, und auf den Straßen hängt der Geruch von verbrannter Kohle und Torf, die in den Öfen der Häuser lodern. Noch heute lösen diese Gerüche bei mir ein Gefühl von Heimat aus, besonders wenn ich in Irland bin. Die Mischung aus frischer Winterluft und dem rauchigen Duft der Kohleöfen bringt mich immer wieder zurück in diese verschneiten Wintertage in der Repsweihersiedlung.

Abgesehen davon, dass mich meine Eltern beim abendlichen Spaziergang durch den Schnee nicht vom Schlitten fallen hören, als ich drei Jahre alt bin und sie erst nach einigen hundert Metern anfangen, mich zu suchen, kann man mir trotzdem kein unterkühltes emotionales Wesen vorwerfen.

Kurzerhand: Es ist mal wieder Vorweihnachtzeit, das Wochenende zum 1. Advent und somit kurz vor meinem zehnten Geburtstag.

Es ist Samstag.

Am Abend zuvor läuft noch die Hitparade mit Dieter Thomas Heck. Auch das vereint, damals noch mit drei laufenden Programmen auf dem Fernseher, die Familie jeden Freitagabend. Mein Schlager-Highlight zu der Zeit ist „Der Junge mit der Mundharmonika". Mal abgesehen von den Schallplatten, die ich bei meiner Oma gerne höre (Ivan Rebroff „Zwei weiße Birken"), gibt es nicht viel, was ich gesangstechnisch auswendig kann. Aber das kann ich gut.

Es ist jedoch Samstag, Spätnachmittag.

Da liege ich also, mit diesem Mindset, das mich durch die Woche trägt, und Samstag ist ja bekanntlich auch Badetag. Frisch gebadet und im Schlafanzug, drapiert wie ein Held auf der Wohnzimmercouch. Meine Mama sitzt direkt hinter mir, das unaufhörliche Klicken ihrer Häkelnadel wie ein metronomisches Hintergrundgeräusch.

Der Fernseher flimmert und aus irgendeinem Grund läuft ein Film mit dem Titel „Hi-Hi-Hilfe!". Eine englische Musikkomödie – was für ein Hochgenuss für mein zehnjähriges Ich. Mama, die gerne Komödien schaut, tut keinen

Mucks und verrät mir nicht, dass hier vielleicht eine neue musikalische Welt auf mich wartet. Nein, sie lässt mich einfach in dem Glauben, dass es ein weiteres Lachsicheres Programm für einen ruhigen Samstag-nachmittag sei.

Ich starre auf den Bildschirm und frage mich, was zum Teufel diese Typen mit ihren seltsamen Frisuren da machen. Mama kennt zwar die Beatles, aber von Begeisterung kann keine Rede sein. Kein „Oh, das sind die Beatles, die musst du kennen!" oder „Das ist Musikgeschichte!" – nichts dergleichen. Sie häkelt weiter, als wäre nichts Besonderes.

Aber dann, plötzlich, diese Musik! Diese Melodien scheinen direkt in mein Ohr zu kriechen und dort eine wilde Party zu veranstalten. Es ist, als würde ein unsichtbarer DJ meine Synapsen remixen. Meine Augen kleben am Bildschirm, während meine Mama hinter mir weiterhin Maschen zählt, völlig unbeeindruckt von der musikalischen Revolution, die sich da vor meinen Augen abspielt.

Und so liege ich da, halb hypnotisiert, halb verwirrt, mit dem leisen Verdacht, dass dieser

Samstag irgendwie anders ist. Vielleicht ist es die Musik, vielleicht die seltsamen Briten oder vielleicht die Tatsache, dass meine Mama, die Beatles zwar kennt, aber keinen Hauch von Enthusiasmus zeigt. Egal was es ist, ich weiß, dass dieser Samstagnachmittag anders ist – und dass ich das erst viel später wirklich begreifen werde.

Dann kommt diese eine Szene: Die Beatles, in dicken Winterklamotten, albern sich durch eine verschneite Landschaft. Die Musik beginnt, und ich höre „Ticket to Ride". Die Jungs rutschen auf Skiern den Hang hinunter, lachen und singen, als wäre der Winter ihr persönlicher Spielplatz. Dieser neue Sound und die Bilder des unbeschwerten Spaßes treffen mich wie ein Blitz.

Die Energie, die aus dem Fernseher strömt, lässt mich beinahe von der Couch rutschen. Ich richte mich auf, setze mich ganz nach vorne und starre gebannt auf den Bildschirm. Die Musik ergreift mich so stark, dass ich mich kaum noch halten kann.

„Mama, wer sind die?" frage ich, meine Augen weit aufgerissen.

„Das sind die Beatles", sagt meine Mama und häkelt weiter.

Aber für mich ist das eine Offenbarung. Diese Musik, diese Bilder, diese Freude – es ist, als hätte ich eine völlig neue Welt entdeckt, die nur darauf wartet, von mir erkundet zu werden.

Nach dem Film kann ich an nichts anderes mehr denken. Die Beatles haben etwas in mir geweckt, das ich nicht ignorieren kann. Noch am selben Abend sage ich zu meiner Mutter: „Ich wünsche mir zu meinem Geburtstag eine Schallplatte von den Beatles."

Mama schaut mich überrascht an. „Wirklich?"

„Ja, wirklich! Bitte, Mama!" bitte ich.

In den kommenden Tagen spreche ich von nichts anderem mehr. Ich erzähle meinen Freunden in der Schule von dieser unglaublichen Band und versuche, so viel wie möglich über sie herauszufinden. Jede freie Minute verbringe ich damit, ihre Lieder zu summen und davon zu träumen, wie es wäre, ihre Musik auf meiner eigenen Schallplatte zu hören.

Zu meinem zehnten Geburtstag, nur wenige Tage später, halte ich endlich mein erstes Beatles-Album in den Händen. Das Gefühl, die Nadel auf die Platte zu setzen und die Musik durch die Lautsprecher strömen zu hören, ist unbeschreiblich. Ich weiß, dass dies der Beginn einer großen Leidenschaft ist, die mich mein Leben lang begleiten wird.

HOW TO PLAY THE GUITAR

Es dauert nicht lange, bis ich beschließe, dass ich genauso cool Gitarre spielen will wie die Beatles. Meine Mutter, die sich nie hätte vorstellen können, einmal mit Gitarrenunterricht konfrontiert zu werden, ergibt sich schließlich meinem Drängen und meldet mich bei Frau Müller an. Frau Müller ist eine freundliche Dame von der VHS, die ihre Unterrichtsstunden in den altehrwürdigen Gemäuern der Realschule abhält.

Schon beim ersten Betreten des muffigen Klassenzimmers spüre ich, dass das hier ein langer Weg werden wird. Frau Müller, mit ihrem unerschütterlichen Lächeln und einem scheinbar unendlichen Vorrat an Geduld, nimmt sich meiner an. Doch für meine arme Lehrerin ist das ein harter Kampf. Nach drei Monaten – die sich für mich wie eine Ewigkeit anfühlen, ein Zeitraum, in dem ich gefühlt alle Platten der Beatles rauf und runter gehört habe – hüpfen wir immer noch auf zwei Saiten herum.

„Am Brunnen vor dem Tore" begleitet uns ständig, und ich beginne zu glauben, dass dieser Brunnen ein schwarzes Loch ist, das alle Fortschritte verschluckt. Eines Tages, während Frau Müller wieder einmal „Am Brunnen vor dem Tore" anstimmt und ich widerwillig die ersten zwei Saiten anschlage, halte ich es nicht mehr aus. Ich lasse die Gitarre sinken, schaue Frau Müller direkt an und frage: „Wann fangen wir denn endlich mit den Beatles-Songs an?"

Frau Müller, die gerade einen tiefen Atemzug genommen hat, hält inne. Ihr Lächeln wird noch breiter, wenn das überhaupt möglich ist. „Andreas," sagt sie mit einer Stimme, die so sanft ist, dass sie einen Stein erweichen könnte, „da musst du dich noch ein paar Jahre gedulden, junger Padawan." - bis auf die letzten zwei Worte. Natürlich kenne ich zu dieser Zeit noch nicht den Film *Star Wars*, aber in diesem Moment fühlt es sich für mich genauso an wie für den ungeduldigen Anakin Skywalker.

Das ist wohl das erste Mal in meinem Leben, dass ich denke: „Fuck you, null Bock, das war's." Unterricht abgebrochen. Ab auf die dunkle Seite - auf die der Rockmusik! Mein Ziel bleibt klar vor Augen.

Wie zum Teufel soll ich das nun lernen? Da hat mein Vater die rettende Idee: Er empfiehlt mir, mich an Onkel Reinhold zu wenden, der wie kein anderer das Folkpicking auf der Gitarre beherrscht. Mein Onkel hat sich das Gitarrenspielen selbst beigebracht, nachdem mein Vater es erfolglos versucht hat und die Gitarre, die er sich einst kaufte, frustriert in die Ecke gefeuert hat. Mein Onkel restauriert das Instrument und bringt sich dann alles selbst darauf bei.

Onkel Reinhold, eine beeindruckende Erscheinung mit rotblondem Haar und einem imposanten Vollbart, der ihn aussehen lässt wie eine Kreuzung aus Wikinger und Physikprofessor, lebt mit Tante Christel und meinen Cousins Dominik, Urban, Marzell und meiner Cousine Angela im fernen Sigmaringen. Eine Reise dorthin ist für mich damals wie eine Expedition in eine andere Welt. Reinhold ist nicht nur das Oberhaupt der Familie, sondern auch ein beliebter Physiklehrer am örtlichen Gymnasium. Ein Mann, der Newtons Gesetze mit solcher Begeisterung erklärt, dass selbst die härtesten Jungs in der Klasse kurz daran zweifeln, ob sie tatsächlich mal Astronaut werden könnten.

An einem sonnigen Nachmittag, während Tante Christel in der Küche unermüdlich Kartoffelsalat zubereitet und meine Cousins und Cousine wild durch den Garten toben, sitze ich mit Onkel Reinhold auf der Terrasse. In seinen Händen hält er nicht etwa ein Physikbuch, sondern eine Gitarre, die er lässig wie ein Rockstar anschlägt. Nach einem beeindruckenden Fingerpicking sieht er mich an und meint, ich solle es doch mal selbst versuchen.

„Hier, mein Junge," sagt er und reicht mir ein abgenutztes Buch. „Das ist kein gewöhnliches Gitarrenbuch. Es kommt mit einer Schallplatte, und du brauchst nicht mal Noten zu kennen, um damit spielen zu lernen."

Ich betrachte das Buch skeptisch. Reinhold grinst, sein imposanter Vollbart wippt leicht im Takt seiner Erheiterung, als hätte er gerade ein besonders kniffliges physikalisches Rätsel gelöst.

„Du siehst aus, als würdest du das Geheimnis des Universums enträtseln wollen," lacht er. „Aber vertrau mir, dieses Buch wird dir zeigen, wie man die Saiten zupft, ohne dass du dich in Noten ertränkst."

Und so sitze ich da, während Reinhold mir das Buch in die Hand drückt und die Schallplatte auflegt. Er drückt auf Play, und plötzlich erklingen die Melodien, als würde ein unsichtbarer Lehrer im Raum sein, der mir jede Bewegung zeigt. Reinhold zwinkert mir zu, als wüsste er, dass dies der Beginn einer wunderbaren, musikalischen Reise ist.

„Jetzt liegt es an dir, Junge," sagt er, bevor er zurück in die Küche geht, um sich eine wohlverdiente Pause zu gönnen. „Und denk dran, selbst die Beatles haben mal klein angefangen."

Diese autodidaktische Herangehensweise, das Gitarrespielen zu lernen, erweist sich für mich als absoluter Königsweg. Kein Lehrer, der mir vorschreibt, welche Finger ich wie zu bewegen habe. Einfach drauflosspielen. Hat jedoch einen kleinen Haken: Hausaufgaben und das Vorbereiten auf Klassenarbeiten interessieren mich plötzlich kaum noch. Ehrlich gesagt, ich kann mich kaum aufraffen, auch nur einen Blick in die Schulbücher zu werfen, wenn die Gitarre in der Ecke auf mich wartet. Das wirkt sich natürlich heftigst auf meine Schulnoten aus. Bei Englisch ist es ein bisschen anders: Da schnappe ich zumindest die Worte auf, die ich brauche, um die Songs der Fab Four zu verstehen. Mehr als einmal sitze ich mit den Texten vor der Nase, höre sie rauf und runter, nur um zu kapieren, was John und Paul mir eigentlich erzählen wollen.

DAS ERSTE JAHR IM GYMNASIUM

Mein erstes Jahr im Gymnasium verläuft noch einigermaßen glimpflich, was meine Noten angeht. Es ist eine Zeit des Übergangs und der Anpassung, sowohl für mich als auch für das Schulsystem selbst. Wir haben das Privileg, eine der ersten Klassen zu sein, die im neuen Schulgebäude untergebracht wird. Dieses Gebäude ist ein Symbol für Fortschritt und Moderne, ein Ort, an dem wir unsere Träume und Ambitionen in die Zukunft projizieren.

Was mir damals neu und modern erscheint, ist heute bereits in die Jahre gekommen. Die Zeit hat ihre Spuren hinterlassen, nicht nur an den Wänden und Fenstern, die mittlerweile einen grauen Schleier tragen, sondern auch an uns selbst.

Zu dieser Zeit bin ich in Karin verknallt, ein Mädchen aus meiner Klasse. Es sind wohl ihre enorm langen und voluminösen blonden Haare, wie man sie nur von den Prinzessinnen der Disney-Filme kennt. Wenn man zu dieser Zeit ein Mädchen hat, ist es Sache der Jungs, diese eine Frage zu stellen: „Willst du mit mir gehn?" Und dann läuft man Händchen haltend über den Schulhof. Vor allem zählt man ab diesem Zeitpunkt die Tage und Wochen, wie lange man zusammen ist… Drei Wochen sind bereits eine stolze und ordentliche Summe.

Aber der Spruch soll mir nicht über die Lippen kommen. Stattdessen schreibe ich auf einen kleinen Fresszettel „I wanna hold your hand" und lasse ihn, zusammengeknüllt mit „Für Karin", zu ihr wandern. Meine Englischlehrerin, mit der ich sowieso auf Kriegsfuß stehe, bekommt diese Post natürlich mit, da die Zusteller es nicht lassen können, schmunzelnd und glucksend einen Blick auf den Zettel zu werfen. Frau Scheuerle nimmt den Zettel an sich und liest laut vor: „Für Karin, I wanna hold your hand." – „Abgesehen von deinem Versuch, Karin von meinem Unterricht abzuhalten, solltest du wissen, dass es ‚want to hold' heißen muss. Du darfst diesen Satz 40 Mal auf eine Seite schreiben."

Und wieder denke ich: „Fuck you. Null Bock!"

Karin ist anderer Meinung. In der Pause bekomme ich einen Zettel von ihr, auf dem nur ein „Yes" steht. Ich muss allerdings gestehen, dass ich zu schüchtern bin und wir kein einziges Mal Händchen haltend über den Schulhof laufen. Stattdessen reicht es gerade mal für einen verlegenen Blick im Unterricht, bei dem Karin immer rote Backen bekommt und mich anlächelt. Das führt dazu, dass sie bereits nach über einer Woche wieder Schluss mit mir macht.

Mein Traum, Musiker zu werden, ist so stark, dass ich mittags, wenn ich von der Schule nach Hause komme – ich bin übrigens ein Schlüsselkind, meine Eltern arbeiten beide – die Stereoanlage auf volle Lautstärke drehe, meine Gitarre um die Hüften schwinge und die Songs der Beatles play-back singe, mit geschlossenen Augen. Dabei stelle ich mir vor, auf der ganz großen Bühne zu stehen, alle Mädchen kreischen und sind beeindruckt – natürlich auch Karin, der es spätestens jetzt leid tun sollte, mir einen Laufpass gegeben zu haben.

Dieses zehnminütige Glück endet jäh, als der Sohn unserer Nachbarn, der vier Jahre älter ist als ich, an der Tür klingelt und sehr freundlich bittet, die Musik leiser zu machen: „Oma kann sonst nicht schlafen."

Michael ist ein super Kerl: sehr intelligent und auch ein Musikfreund. Er ist Fan von ELO (Electric Light Orchestra) und leiht mir seine alten Beatles-Scheiben, die ihn wohl nicht ganz so flashten wie mich. Aufgrund seiner sehr guten schulischen Leistungen ist er auch mein Nachhilfelehrer. Was mich trotzdem nicht davor rettet, in der siebten Klasse sitzen zu bleiben. Eines Tages, während einer besonders frustrierenden Nachhilfestunde, schaut er auf mein Heft und fragt: „Was hast du denn da aufgeschrieben?" Ich starre auf die krakelige Schrift und gestehe: „Kann es selbst nicht lesen. Bin wohl im Unterricht eingeschlafen." Er schüttelt den Kopf und meint: „Da kann ich dir aber mit Chemie auch nicht weiterhelfen, wenn du nicht einmal mitschreibst, was der Lehrer dir im Unterricht sagt." Ich zucke mit den Schultern und erwidere: „Ist doch auch scheißegal. Wozu brauche ich das? Man macht ja auch keine Musik mit dem Reagenzglas." Er grinst mich dann immer ganz verschmitzt an, als wollte er mir sagen: „Du bist schon 'ne coole Socke." Das hilft mir natürlich nicht wirklich weiter, aber irgendwie fühle ich mich dadurch ein kleines bisschen besser. Zumindest so lange, bis meine Eltern zum Elternabend eingeladen werden.

In diesem Schuljahr läuft jedoch alles noch ganz nach Plan. Vier gewinnt, wie man so schön sagt. Als der Winter langsam dem Frühjahr weicht, wird es bald auch Sommer. Das Leben findet für uns Kinder der Repsweihersiedlung entweder auf der Straße beim Völkerball oder auf dem Bolzplatz statt. Meine Eltern haben eine Wohnung in einer Doppelhaushälfte im Fasanenweg gemietet. Das ist ganz praktisch, da meine Oma Agnes nur etwa 800 Meter Luftlinie entfernt wohnt und somit in Kindergarten- und Grundschulzeiten auf mich aufpassen kann, wenn Mama und Papa arbeiten. Sie spielt dann immer Fußball mit mir in ihrem Garten und stellt sich als Torwart zwischen die Wäscheleinen Stangen. Es ist natürlich ein Fest, wenn Oma Agnes mit ihren knallroten Hausschuhen im Tor steht, die Wäscheleine flattert und ich voller Eifer versuche, den Ball an ihr vorbei zu bekommen.

Wenn ich bedenke, **dass** diese Frau alles von heute auf morgen aufgeben musste, ihren Mann in einem beschissenen Krieg verlor und hochschwanger fliehen musste, dann tut es mir umso mehr leid, dass ich keine Zeit hatte und noch nicht das Verständnis, um mit ihr darüber zu sprechen. Sie stirbt, bevor ich zehn werde. Leider viel zu früh. Wie alle, die wir lieben. So ist das Leben – man verliert die besten Menschen immer zu früh und die Erinnerungen verblassen, auch wenn man sich noch so sehr bemüht, sie festzuhalten. Oma Agnes mit ihren knallroten Hausschuhen, ihr Lachen, wenn sie einen Ball pariert – all das sind jetzt nur noch Bruchstücke in meinem Kopf, aber trotzdem die wertvollsten.

NAKED VACATION

Endlich Sommer, Endlich Ferien und meine Eltern haben eine große Überraschung für mich parat. Mein Vater hat es tatsächlich geschafft, ganze vier Wochen Urlaub am Stück zu nehmen – eine Heldentat, die ihn in die Riege der Superhelden befördert. Und so stürzen wir uns in ein 1000-Kilometer-Abenteuer quer durch Frankreich, mit dem Ziel, an der Atlantikküste zu campen. Nördlich von Bordeaux, wo die Rhône in den Atlantik plumpst. Was sie mir bis zur Ankunft verschwiegen haben, ist die Tatsache, dass unser Ziel ein FKK-Campingplatz ist. Ein Detail, das sich meinen Eltern anscheinend nicht erwähnenswert erschien.

Wir rollen auf den Campingplatz, und ich staune nicht schlecht. Nicht wegen der ganzen nackten Leute – die laufen ja einfach so herum, als wäre es das Normalste der Welt. Nein, es ist eher die Frage: „Muss ich jetzt auch blank ziehen?" Die nackten Camper, die sich in den wildesten Posen aufhalten – nackt beim Kochen, nackt beim Volleyballspielen, nackt beim lesen der Zeitung – das beeindruckt mich schon irgendwie. Besonders der Kerl, der beim lesen seiner Urlaubslektüre seine Yoga-Posen perfektioniert.

Mein Vater, der immer schon glaubt, er sei die Reinkarnation von Tarzan, ist sofort dabei und wirft seine Klamotten ab, als würde er sich von den Ketten der Zivilisation befreien. Meine Mutter folgt ihm, als wäre es das Normalste auf der Welt. Und ich? Ich stehe da, immer noch in meinen Shorts und meinem T-Shirt, und frage mich, wie ich in diesen surrealen Streifen geraten bin.

„Komm schon, Andy, das ist doch total natürlich", sagt mein Vater mit einem Lächeln, das mir klarmacht, dass er selbst völlig von dieser Lebenskultur überzeugt ist. Klar, Nacktheit an sich ist mir egal, aber das hier ist Champions League. Während wir unser Zelt aufbauen, versuche ich, möglichst unauffällig zu wirken. Mir wird klar: Entweder ich gewöhne mich an die neue Adam-und-Eva-Mode oder ich verbringe die nächsten vier Wochen als der letzte Textil-Rebell.

Was mich wirklich überrascht, ist, wie schnell man sich an alles gewöhnen kann. Am ersten

Tag spaziert man noch verklemmt wie ein britischer Lord durch die Gegend, und zack, nach ein paar Tagen schmettert man mit wildfremden nackten Leuten beim Tischtennis die Bälle über die Platte oder fragt in der kleinen Campingplatz-Boutique nach Sonnencreme, als wäre das die normalste Sache der Welt. Dass ich anfangs noch überlegte, ob ich mich wirklich ausziehen muss, kommt mir plötzlich wie ein schlechter Witz vor.

Für alle Möchtegernnostalgiecamper sei folgendes gesagt: Damals, ja damals, als Camping noch echtes Abenteuer war, gab es auf den Campingplätzen keinen Stromanschluss. Nada. Die Toiletten? Stehklos. Da musste man schon zielsicher sein wie ein Olympiaschütze und hoffen, dass man der Erste war, der nach dem morgendlichen Putztrupp das stille Örtchen betrat. Wenn man Pech hatte, hatte man seinen Stellplatz direkt neben diesen Anlagen, was den Appetit mächtig gegen Null sinken ließ. Meine Eltern hatten damals schon vorgesorgt und darauf geachtet.

Und die Kühlbox, die war der wahre Star des Campingplatzes. Aber nur, wenn sie mit frischen Eisblöcken gefüllt war, damit man sich ein kühles Bier oder eine erfrischende Limo genehmigen konnte. Das Beschaffen der Eisblöcke war meine Aufgabe. Mit 25 Centimes in der Tasche schwang ich mich auf mein Klapprad und düste zum Campingeinkaufszentrum. Dort bekam man den Eisblock in einer Plastiktüte, in der man ihn auch ließ, und hoffte, dass sie dicht war. Ansonsten schwamm das Obst nach einem halben Tag in der Truhe.

Ach ja, damals lief auch die Platzreservierung mit Brief und Post und Rückantwort, was teilweise bis zu zwei Monate Wartezeit in Anspruch nahm. Purismus pur, meine Freunde. Im Prinzip ist das Dschungelcamp dagegen Pillepalle. Und wir konnten nicht einfach rufen „Ich bin ein Möchtegernstar, holt mich hier raus!“ Nein, wir steckten mittendrin, ob wir wollten oder nicht. Also, beim nächsten Campingausflug ruhig mal daran denken, wenn das WLAN nicht ganz so stabil ist.

Natürlich habe ich meine Gitarre mit im Gepäck. Schließlich bin ich nicht nur ein nackter Camper, sondern auch ein nackter Musiker. Mit meiner neuen Schlagtechnik, bei der ich bei jedem zweiten Schlag die Saiten mit dem Handballen abdämpfe, habe ich eine Art Gitarre und Rhythmusinstrument in einem. Wahnsinn, oder?

Meine Eltern – die Paradebeispiele für Gastfreundschaft und Geselligkeit – brauchen nicht lange, um den gefühlt halben Campingplatz an eine zusammengestellte Tafel vor unserem Zelt zu locken. Da sitzen dann Franzosen, Deutsche und Briten fröhlich beisammen, während die Männer, nur mit Kochschürzen bekleidet, mit Pfannen und Töpfen jonglieren und die Frauen Geschichten austauschen. Und ich? Ich soll plötzlich die Szenerie mit meiner Gitarre durchbrechen.

„Na, Andy, wie wär's mit einer kleinen musikalischen Einlage?" grinst mein Vater breit. Meine Mutter zwinkert mir zu: „Wie schön, deine Gitarre, komm spiel für uns!" Plötzlich bin ich der Mittelpunkt des Abends, die Gespräche verstummen, alle Augen sind auf mich gerichtet. Ein Kribbeln der Aufregung durchzieht mich, als ich die Gitarre in die

Hand nehme und die ersten Töne von „La Bamba" und „Twist and Shout" anstimme.

Die Frauen klatschen begeistert mit, die Männer fangen an, mit den Füßen zu wippen, und ich spüre, wie ich mit meiner Musik alle kulturellen Grenzen überbrücke. Es ist ein Moment purer Freude und des gemeinsamen Erlebens. Plötzlich stampfen alle mit ihren Bestecken auf die Tischplatte und rufen „Encore une!" Ich bin überwältigt von der Energie und dem Zusammenspiel, das meine Musik entfacht hat. Ein kleiner, nackter Rockstar auf einem FKK-Campingplatz – wer hätte das gedacht?

Ich merke, dass Musik eine universelle Sprache ist, die Herzen öffnet und Menschen verbindet, selbst auf einem Campingplatz an der Atlantikküste. Diese Szene wird zu einer unvergesslichen Erfahrung, die mich daran erinnert, dass wahre Freiheit und Gemeinschaft entstehen, wenn wir uns ohne Vorurteile begegnen und einfach das Leben in vollen Zügen genießen.

FRAU ROTBICHLER

Zurück in der Heimat steht das 2. Schuljahr im Gymnasium an, und mir wird klar, dass ich an einem Punkt angelangt bin, an dem ich nicht mehr weiterkomme.

Wer Gitarre spielen will, besonders in einer Band, muss auch die verdammten Barre-Griffe beherrschen. Also bleibt mir nur eine Wahl: Jemanden finden, der es mir beibringen kann. Onkel Reinhold lebt zu weit weg in Sigmaringen, also frage ich in meiner Klasse herum, bis der Name „Frau Rotbichler" fällt. Besonders gefällt mir, dass sie für 45 Minuten gerade mal 5 Mark nimmt. Da muss ich sie einfach ausprobieren.

Was mich erwartet, entspricht überhaupt nicht meinen Vorstellungen. Vor mir sitzt eine Frau jenseits der 70, von der ich nie gedacht hätte, dass sie mir Rockgitarre beibringen könnte. „Können Sie mir Barre-Griffe beibringen?" frage ich skeptisch.

„Des isch koi Problem," antwortet sie mit ihrer heiseren Stimme im Allgäuer Dialekt. Sie erklärt mir auch, dass ihre Stimme aufgrund einer Operation ihrer Stimmbänder so klingt. „Also des wichtigschte isch, dass du dei' Finger unte am Bund weg läsch und mir suchet solang den Barre bis du gar nemme nachdenke musch, wo der isch."

Ich beschließe, es einfach zu versuchen. Und verdammt nochmal, Frau Rotbichler schafft es mit ihrer Ruhe und Geduld, mich nach ein paar Wochen durch die Höhen und Tiefen der Barre-Griffe zu führen. So bin ich in der Adventszeit fit genug, den Unterricht zu beenden. Um ehrlich zu sein, bin ich schon zwei Monate zuvor bereit aufzuhören gewesen, aber ich weiß, dass es der liebenswerten Dame viel bedeutet, mich spielen und singen zu hören. Irgendwie möchte ich ihr das noch eine Weile schenken.

Als ich das letzte Mal komme, sagt sie zu mir, dass es in der Vorweihnachtszeit immer ein Konzert ihrer Schüler im Gemeindehaus gibt und sie sich sehr freuen würde, wenn ich dort spielen würde, auch wenn ich nicht mehr ihr Schüler bin. Natürlich sage ich zu.

Sehr zur Freude meiner Eltern, denn es handelt sich eigentlich um das katholische

Gemeindefest, bei dem auch die Musikschule von Frau Rotbichler auftritt. Interessanterweise kenne ich wirklich keinen ihrer anderen Schüler, da ich immer am Samstag der Letzte in ihrem Unterricht bin. So sehe ich also, wie sich die anderen Schüler alle aufwärmen und ihre Instrumente stimmen. Manche haben sogar Duette einstudiert. Es klingt im Wesentlichen nach Volksmusik und Landler. Das bereitet mir etwas Sorge, da meine Musikauswahl in eine ganz andere Richtung geht. Aber hey, warum nicht mal aus der Komfortzone raus?

Meine Eltern melden sich bei diesem Fest im Gemeindehaus neben der Grundschule am oberen Graben freiwillig zum Küchendienst und versorgen zusammen mit anderen Eltern die Gäste mit Kuchen und Speisen zum späten Nachmittag. Dazwischen sind wir dran. Zuerst geht es los mit ländlicher Musik auf Zither und Gitarre. Danach ein Musikduo, zwei Mädels im Dirndl, die zur Gitarre einen ländlichen Choral singen. Zweifelsohne alles schön, halt nur nicht mein Thema. Aber was soll's, die Leute scheinen es zu mögen. So kann ich mir wenigstens vorstellen, dass ich für den Kontrast sorge.

Und dann sehe ich zum ersten Mal Hannes. Er trägt ein Stück ohne Gesang vor: Fingerpicking, den sogenannten „Sofarock" mit dem Titel „Windy and Warm". Das ist richtig gut, allerdings scheint es die Leute nur nebenbei zu interessieren. Ich finde es cool, und dass er später noch eine wichtige Rolle in meinem Teeny-Leben spielen wird, ist mir zu diesem Zeitpunkt nicht bewusst. Klar, erst mal gucken, was der Rest so macht.

Dann bin ich dran: Ma und Pa schauen aus der Luke, aus der sie das Essen servieren, und sind gespannt. Ich nehme das Mikrofon und singe „City of New Orleans". Ich feuere das „Good morning, America, how are you?" dermaßen in den Saal, dass die Leute merken: Der hat Mumm in den Vocals. Als ich den letzten Ton gespielt habe, stehen die Leute auf und feuern mir „Zugabe" entgegen. Aus der Küche schallt es laut „Bravoooo!" Ich erkenne die Stimme meines Vaters und sehe meine Ma mit Tränen der Begeisterung unten an der Luke stehen. Wahrscheinlich hat sie vorher eine Zwiebel geschnitten, aber lassen wir das mal.

Ich werde an diesem Tag zu einem kleinen lokalen Helden, zumindest fühlt es sich für mich so an, und mein Vater verspricht mir noch am Abend unter Tränen der Rührung: „Ois, was du brauchsch für dei Musik, kauf i dir!" Das nutze ich natürlich schamlos aus. Zu Weihnachten gibt es meine erste E-Gitarre mit Verstärker und Mikrofon. Weihnachten gerettet und Rockstar-Karriere startbereit.

Es ist auch das letzte Mal, dass ich die alte Dame sehe an diesem Abend. Frau Rotbichler gratuliert mir aufrichtig zu diesem Auftritt und bedankt sich sehr für meine Teilnahme. Eigentlich hätte ich ihr zu danken, doch ich habe an diesem Tag vor lauter Adrenalin und jugendlicher Glückseligkeit leider keinen Gedanken daran verschwendet, ihr zu danken.

So war das damals in Leutkirch. Eine Kleinstadt, in der jeder jeden kannte und trotzdem einige Menschen an einem vorbeigehen konnten, ohne dass man es wirklich merkte. Frau Rotbichler war so ein Mensch, und an diesem Abend schien sie für einen kurzen Moment aus der grauen Menge herauszutreten, nur um danach wieder darin zu verschwinden.

Ich habe Frau Rotbichler tatsächlich nie wieder gesehen. Obwohl Leutkirch mit seinen Randgemeinden nur ca. 18.000 Einwohner hat, gibt es keinen Tag, an dem wir uns noch einmal begegnet sind.

Irgendwann habe ich dann ihre Todesanzeige gelesen.

Das kam überraschend und war doch irgendwie unvermeidlich. Man nimmt sich immer vor, die Leute öfter zu besuchen, einfach „Hallo" zu sagen, aber der Alltag frisst diese guten Absichten mit Haut und Haaren.

Ich hätte doch einfach mal auf einen Kaffee vorbeischauen können. Frau Rotbichler bleibt mir unvergessen. Lieben Dank, Frau Rotbichler, für Ihre Güte und Ihre aufrichtigen Worte. Manchmal sind es die kleinen Begegnungen, die einem später groß erscheinen. So wie dieser Abend, an dem ich viel zu beschäftigt war, um das wirklich zu schätzen.

Was im kommenden Sommer folgt, ist die siebte Klasse im Gymnasium. Ich habe bis dahin geglaubt, ich könnte mich mit meinem cleveren 4-Gewinnt-Kalkül durchs Leben schlagen. Aber weit gefehlt! Plötzlich wollen die Lehrer, dass ich mich ernsthaft mit Mathematik, Chemie und Biologie beschäftige. Absurde Vorstellung! Als ob Englisch und Französisch nicht schon genug Ärger machten. Wie bei so vielen in meinem damaligen Alter, bleibt der tiefere Sinn der Schulzeit irgendwo im Verborgenen. Selbst der Satz „Man lernt fürs Leben und nicht für die Schule" macht für mich so viel Sinn wie ein Kühlschrank im ewigen Eis.

Zur gleichen Zeit entdecke ich die Theater-AG für mich. Keine Angst, ich bin nicht nur irgendein Statist im Hintergrund. Nein, ich spiele eines der drei Kinder in einem hochmodernen Theaterstück namens „Vater braucht eine Frau". Das Stück wird im Rahmen des alljährlichen Kinderfests in Leutkirch aufgeführt. Schon damals bin ich eine richtige „Rampensau". Das bestätigt auch die regionale Zeitung, die ein Foto von mir und den anderen drei Hauptdarstellern abdruckt und lobend erwähnt, was für ein Talent ich doch sei.

Meine Lehrer sind begeistert von meinem schauspielerischen Talent und wundern sich gleichzeitig, warum ein Junge mit so viel Talent es nicht schafft, auch ein schulischer Überflieger zu sein. Mein Französischlehrer, Herr Schulze, bringt es auf den Punkt: „Andreas ist nicht zu dumm, sondern einfach zu faul und hat eine blühende Fantasie." Mit Letzterem will er wohl auf meine Kreativität anspielen.

So erklärt er es zumindest meinen Eltern, als er ihnen beibringt, dass eine Versetzung in die nächste Klasse aussichtslos sei und ich die siebte noch einmal machen darf.

Hi-Hi-Hilfe!

Nochmal ein Jahr voller mathematischer Grausamkeiten und chemischer Katastrophen! Aber hey, vielleicht kann ich das Drama ja wieder in der Theater-AG abladen. Man muss

schließlich seine Prioritäten setzen, nicht
wahr?

HANNES

Es folgt also ein weiterer Sommer an der atlantischen Küste mit meinen Eltern und dann der unvermeidliche erste Schultag in der neuen Klasse. Mama ist wirklich entschlossen, diesen „Neustart" perfekt zu machen. Alles neu: Schulranzen, Stifte, Mäppchen, Organizer – das volle Programm. Ein Arsenal an Lernutensilien, das mich motivieren und begeistern soll. Und tatsächlich habe ich den guten Vorsatz, es diesmal wirklich zu rocken. Dann kommt er: der erste Schultag in der neuen Klasse.

Neue Gesichter, und ich ein Jahr älter als der Rest. Das gibt mir das Gefühl, eine gereifte Besonderheit zu sein, was natürlich reine Selbstüberschätzung ist. Aber hey, ein bisschen Einbildung hat noch niemandem geschadet. Immerhin bin ich nicht der einzige, der das Vergnügen hat, die siebte Klasse zu wiederholen. Zwei Leidensgenossen aus meiner vorherigen Parallelklasse sitzen ebenfalls in den Reihen. Das tut gut, wie eine kleine Selbsthilfegruppe der Lernunwilligen.

Und dann ist da noch ein neues Gesicht in der Klasse, das ich bereits kenne: Hannes! Der schmächtige Typ mit den langen blonden Haaren, die bis unter die Nackenmuskeln reichen. Hannes, der Saitenmagier, den ich bei Frau Rotbichlers Konzert schätzen gelernt habe. Wir nicken uns zu, ein stilles Einverständnis zwischen zwei Überlebenskünstlern des schulischen Dschungels. Der Neustart beginnt also mit einer Mischung aus alten und neuen Herausforderungen, durchsetzt mit einer Prise Vertrautheit und einem Hauch von Hoffnung. Vielleicht wird dieses Schuljahr tatsächlich anders werden. Schließlich habe ich Hannes und eine Menge neuer Stifte. Was kann da noch schiefgehen?

Die Krönung des Ganzen ist, dass Herr Schulze, den ich heute stolz mit „Helmut" ansprechen darf, unser Klassenlehrer wird. Ja, der Herr Schulze, ein echtes Unikat, eine Mischung aus Drill-Instruktor und Entertainer. Natürlich müssen wir drei Neuen uns der Klasse vorstellen. Aber keine Sorge, diesen Punkt nimmt mir Herr Schulze vollends ab. Mit einem süffisanten Lächeln, das an einen übermotivierten Staubsauger-Verkäufer erinnert, sagt er: „Der Typ da, der ist die größte Oberpflaume, die ich je erlebt habe." Laute Lachsalven in der Klasse – super, fängt ja prima an. „Der Kerl gehört nach Hollywood, und wer Schauspielunterricht braucht, kann das gerne bei ihm nehmen. Andreas, ich wünsche mir von dir" – er kommt auf mich zu wie ein Trainer, der versucht, seine Mannschaft nach einem klaren Rückstand so zu motivieren, dass sie das Spiel noch drehen, aufgestützt mit beiden Händen an meinem Tisch – „ich wünsche mir verdammt nochmal, dass du dieses Schuljahr rockst und deinen Arsch bewegst. Du bist nämlich nur zu faul, aber nicht zu blöd, und verdammt nochmal, ich mag dich, du Saukerle du!"

Was mir damals megapeinlich ist, sollte mich eigentlich mit breiter Brust zurücklassen. Da glaubt einer an dich – ohne Wenn und Aber – egal ob du scheiterst. Der beste Lehrer, den ich haben kann. Doch ich sitze da, mit hochrotem Kopf und denke: „Scheiße, hiermit bist du zum Dorfdepp erklärt worden. Was für ein Einstand." Aber, und das ist das Kuriose an der Sache, einige sehen mich mit strahlenden Augen an, als wäre ich von Anfang an eine Bereicherung in ihrer Klasse. Besonders der

Blick von Hilde, mit ihren stahlblauen Augen, trifft mich direkt ins Herz. Das Gefühl dabei kann ich damals noch nicht zuordnen, so jung und unerfahren. Zudem ist sie mit Rik liiert, der neben ihr sitzt. „Rik" ist sein Spitzname für Hendrik. Ich habe dafür das „reas" am Ende meines Namens mit einem „y" ersetzt. Ich finde es cool, es klingt so nach Rock'n'Roll für mich. Auf jeden Fall ist Hilde mit Rik zusammen, also lasse ich da die Finger weg. Das ist damals ungeschriebenes Gesetz, genauso wie man einen bei einer Rauferei nicht mehr malträtiert, wenn er am Boden liegt.

Und so sitze ich da, hin- und hergerissen zwischen der unfreiwilligen Ehre, die mir Herr Schulze zuteilwerden lässt, und dem Gefühl, dass ich mich irgendwie schon am ersten Tag zum Gespött gemacht habe. Aber hey, so läuft's manchmal im Leben. Manchmal bist du der Hund, manchmal der Baum.

In der ersten großen Pause wage ich mich vorsichtig in die Nähe von Hannes, der von seiner Entourage umzingelt ist, zu der auch Rik und Hilde gehören. Ich räuspere mich und sage: „Hannes?" Er dreht sich um, mustert mich kurz und meint: „Was gibt's? Ach, warte mal, wir kennen uns doch, oder? Frau Rotbichlers Konzert! Du hast da richtig abgeliefert auf deiner Klampfe!" Ein Kompliment von Hannes? Mein Herz macht einen kleinen Freudentanz. „Ja, du auch," antworte ich, „dein Fingerpicking hat mich total umgehauen."

Hannes lächelt. „Wo wohnst du?" fragt er. „Repse," sage ich lässig, was jeder weiß, bedeutet Repsweihersiedlung. Hannes nickt anerkennend. „Mega, ich Untere Halde. Du musst ja nur den Buckel runter rutschen." (Für die Uneingeweihten: Die Untere Halde-Siedlung liegt ein bisschen tiefer als die Repsweihersiedlung, was bedeutet, dass ich wortwörtlich den Hügel runterkullern kann mit dem Fahrrad.)

„Pass auf," sagt Hannes und zieht einen zerfledderten Zettel aus seiner Tasche. „Ich geb dir meine Adresse. Heute klappt's nicht mehr, aber komm doch am Donnerstag um 14:00 bei mir vorbei. Bring deine Klampfe und etwas Kuchen mit, dann schrammeln wir, bis die Finger glühen und der Nachbar gegen die Wand klopft."

Ich nicke enthusiastisch und nehme den Zettel entgegen, als hätte er mir das goldene Ticket zur Schokoladenfabrik überreicht. Kuchen und Klampfe, denke ich. Das klingt nach einer guten Mischung. So wie Chips und Fußball oder Sommer und Freibad. Und so ist es besiegelt: Der erste Schritt in die illustre Welt der coolen Kids ist getan.

Was für eine fruchtbare Synthese das werden könnte. Wenn ich von Hannes etwas auf der Gitarre lernen kann und er vielleicht von mir, dann könnten wir uns gegenseitig bereichern. Den ganzen Schultag über bin ich in voller Vorfreude und kann kaum stillsitzen. Kaum zu Hause, platze ich vor Stolz: „Mama, ich habe einen neuen Klassenkameraden, Hannes, und ich soll am Donnerstag Kuchen mitbringen, wenn ich ihn besuche!"

Meine Mama lächelt und greift nach der bekannten Backmischung, die uns schon durch so manche Geburtstagsfeier gerettet hat. „Dann backst du am Mittwoch einen Schokokuchen, Andy. Und vergiss vor lauter 'Hannes' auch das Lernen und deine Hausaufgaben nicht."

Die zwei Tage bis zum Backen und die drei Tage bis zum Treffen bei Hannes schleppen sich dahin wie ein schlechter Film im Nachmittagsprogramm. Endlich ist Mittwoch da. Ich stehe in der Küche, die Backmischung vor mir, als wäre sie eine heilige Reliquie. „Mischen, rühren, backen," murmele ich vor mich hin und werfe die Zutaten zusammen. Mama steht hinter mir und beobachtet mein Werk mit einem Blick, der irgendwo zwischen Amüsement und Misstrauen schwankt.

Meine Mama, die kluge Füchsin, die mich immer wieder daran erinnert, dass ich nicht nur Hannes im Kopf haben sollte, sondern auch etwas Hirnschmalz für die Schule übrig haben müsste, will natürlich genau wissen, wie meine ersten Eindrücke in der neuen Klasse so sind. Ich erzähle ihr von Herrn Schulze, der mich bei der Klassenpräsentation bloßstellt. Sie kichert und meint: "Recht hat er. Du bist manchmal so faul, dass selbst die Schnecken vor dir wegkriechen."

Donnerstag ist endlich da. Als ich bei Hannes ankomme, grinst er wie ein Fuchs im Hühnerstall. „Hast du den Kuchen dabei?" fragt er mit einem Augenzwinkern. „Klar! Und meine Gitarre!" erwidere ich voller Enthusiasmus. Doch Hannes hat noch eine Überraschung im Ärmel: „Hilde kam spontan vorbei und bleibt zum Kuchen. Sie ist schon oben in meinem Zimmer. Ich hoffe, es stört dich nicht," sagt er mit einem ironischen Unterton.

Hilde, das wahnsinnig hübsche Mädchen mit der burschikosen Kurzhaarfrisur und den leuchtend blauen Augen, ist spontan auch am Start. Mein Herz macht ein paar Olympiarekorde im Klopfen – ob wegen Hilde oder der Tatsache, dass sie mein Gitarrenspiel zum ersten Mal zu Ohren bekommt, ist zu diesem Zeitpunkt noch ein Rätsel.

Hannes' Mama begrüßt mich herzlich, eine blonde Gazelle mit langen Haaren wie Rapunzel. Sie freut sich über den Kuchen und tadelt Hannes mit einem Grinsen: „Hättest ruhig du mal backen können, du fauler Kerl." Sie zwickt ihn dabei in den Bauch, wie ich es von meiner Mama nicht kenne. Es wirkt so, als würden sie gleich miteinander aus Spaß raufen. Hannes lacht und schlägt mir auf die Schulter: „Ohne Kuchen hätt i ihn hoim g'jagt inklusive Hausverbot."

Oben in seinem Gitarren-Schrein, wo zwei Matratzen ein Bett ersetzen, sitzt Hilde neben mir. Wir kichern über die ersten vier Schultage, bis Hannes' Mama uns mit Tee und meinem aufgeschnittenen Kuchen bedient. Hannes, mit vollen Backen, ruft: „Echt jetzt, du könntest öfter vorbeikommen! Backen ist deine Berufung!" Wir stürzen uns auf die Saiten und beginnen mit „Wish You Were Here" von Pink Floyd. Hilde lauscht, lächelt verschmitzt und scheint von unserem Geschrammel angetan.

Wir tauschen Gitarrentricks aus, und irgendwo zwischen dem sechsten und siebten Song bemerkt Hilde meine kleine Warze an der Greifhand. „Was ist denn das?" fragt sie neugierig. „Ach, nur 'ne Warze. Geht von allein weg," murmle ich, während ein Gefühl in mir aufkeimt, das ich vorher nur aus kitschigen Liebesfilmen kenne – das erste Mal, dass ein Mädchen meine Hand so zart berührt.

Mit einem Klappfahrrad, das sich vor lauter Euphorie fast selbständig macht, brettere ich nach Hause. Die Gitarrentricks sind frisch eingetrichtert, und ein Schwarm von Schmetterlingen fühlt sich in meinem Magen wohler als ein reisender Rucksacktourist im Backpacker-Hostel. Doch selbst mein treuer Kopfhörer, der sich vermutlich vor Liedern von Liebesgeständnissen und Schmalzballaden die Ohren zuhält, kann die Tatsache nicht ausblenden, dass Hilde mit Rik liiert ist.

Abends, in meinen verträumten Gedanken, schlittere ich in das musikalische Märchenland. Hilde und ich schlendern Hand in Hand durch eine Welt, die vor uns auf die Knie fällt. Ich bin der gefeierte Musiker, der die Herzen mit seinen Melodien erobert – so wie man das mit 13 Jahren eben träumt, wenn man gerade frisch die Welt der ersten Schwärmereien entdeckt.

AFTER SHAVE UND SCHWOIßFUAß

Als ich an jenem Morgen aufwache, trifft mich die Liebe wie ein Schulbus ohne Bremsen. Verknallt sein mit 13 – das ist so etwas wie eine Kreuzung zwischen einer Achterbahnfahrt und einem Crashkurs in Romantik, ohne Google Maps zur Orientierung. Hilde ist der Grund für mein morgendliches Bad im Rasierwasser von Papa, das mir prompt den Ruf eines frisch aufgeblühten Blumenladens einbringt.

Ich versuche, cool zu bleiben – wie man das eben macht, wenn man noch nicht mal sicher ist, ob man mehr ist als ein wandelndes Lexikon für peinliche Momente. Spiegeltraining für die richtige Mimik ist Pflichtprogramm vor der Schule. „Chaka!", denke ich, „heute wirst du zum Mädchenmagneten."

Auf dem Fahrrad zur Schule, wo der Sportunterricht in einer Turnhalle vis-a-vis gelegen vom städtischen Friedhof stattfindet – romantischer geht's kaum. Der Hausmeister begrüßt mich mit einem Kommentar, der mir einen knallroten Kopf beschert: „Hier duftet es ja wie im Vierfarbenhaus!" Zuviel Rasierwasser, klarer Fall. Abends wird mein Vater darüber schmunzeln und mir mitteilen, wie man das Zeug richtig dosiert – eine Lektion, die ich gerne ausgelassen hätte.

Zum Glück sind die Mädchen von uns Jungs getrennt, sonst wäre mein überambitioniertes Parfümexperiment in der Turnhalle wohl zum geflüsterten Skandal geworden. Zwei Schulstunden später, nachdem sich der Duft hoffentlich etwas verflüchtigt hat, geht es dann endlich in den normalen Unterricht. Und ich schwöre mir, nie wieder so viel Rasierwasser zu verwenden – es sei denn, ich will das Stadtbild als lebendes Raumlufterfrischungssystem bereichern.

Im Klassenzimmer angekommen, werde ich schnell wieder von der Realität eingeholt. Dort sitzt Rik, Hand in Hand mit Hilde, während ich eher unscheinbar neben ihnen Platz nehme. Rik ist der sportliche Überflieger mit einem beachtlichen Six-Pack und einem Talent für die Geige, das ihm später sogar beruflich zugutekommen wird. Mit meinen 13 Jahren bin ich schon recht groß, aber schlaksig und immer wieder gezeichnet von

Verletzungen, die meiner schlanken Statur geschuldet sind.

Es ist offensichtlich, dass Hilde und ich aus unterschiedlichen Welten kommen. Meine Hoffnungen auf romantische Abenteuer mit ihr beschränken sich auf meine Tagträume, die ich mir vor dem Einschlafen gönne. Dennoch kann ich es nicht lassen, in ihrer Nähe zu sein – zumindest solange, wie die verbleibenden zwei Schuljahre in dieser Klasse dauern werden. Vielleicht wird sich ja doch noch etwas ändern. Bis dahin bleibt mir die leise Hoffnung und ein gewisser Realitätssinn, der mir zeigt, dass ich wohl noch etwas Zeit brauchen werde, um aus meiner dünnen Haut herauszuwachsen.

Hannes und ich treffen uns mindestens zweimal pro Woche, um unsere Gitarren zum Klingen zu bringen. Das ist so etwas wie unsere persönliche Therapieeinheit gegen den alltäglichen Wahnsinn. An den Wochenenden hängen wir oft mit unserer Schulgang ab. Im Sommer geht's entweder zum Freibad am Stadtweiher oder wir sitzen bei jemandem zu Hause, meistens bei Hannes oder bei mir, und trinken Schwarztee aus dem Second-Hand-

Shop meiner Mama, der auch ihren Namen trägt: „Barbaras Fundgrube."

In unserem Keller steht eine Drechselbank, an der mein Vater in seiner Freizeit allerlei abgefahrene Sachen dreht: Kerzenständer, Köpfe für selbstgemachte Marionetten, und einmal hat er sogar ein ganzes Schachspiel gezimmert. Echt krass, was der draufhat! Für mein Zimmer baut er mir einen Teetisch mit kunstvoll gedrehten Beinen. Der Tisch ist so niedrig, dass man sich prima zum Abhängen auf den Boden legen kann. Das Ding ist der Hammer.

An einem Teenachmittag bei mir schaut mich Hannes mit diesem verschmitzten Blick an, der mir immer sagt: „Jetzt kommt was Großes, alter Freund." „Kennst du Schwoißfuaß?", fragt er, als ob er den heiligen Gral des Mundart-Rocks gefunden hätte. Ich nicke sofort, obwohl ich eigentlich nur vage von ihnen gehört habe. Schwoißfuaß – die schwäbische Antwort auf BAP, wenn auch nicht ganz so berühmt. In unseren Gefilden jedoch Kult wie Maultaschen an Weihnachten.

„In vier Wochen spielen sie in der Stadthalle und ich habe vier Karten ergattert. Interesse?" Ich könnte ihm vor Freude um den Hals fallen. „Klar!", rufe ich begeistert. „Fantastisch, dann schuldest du mir 12 Mark." 12 Mark für mein erstes Rockkonzert! Das ist damals eine Menge Kohle, die ich mir mühsam vom Taschengeld zusammenkratzte.

Am Tag des Konzerts bin ich aufgeregt wie ein Flummi auf Speed. Die Stadthalle quillt über vor Fans, und wir schaffen es gerade noch so ins vordere Drittel. Als die Lichter ausgehen und die Bühne in ein Farbenmeer getaucht wird, spüre ich meine Knie weich werden. Gitarrenriffs, die die Wände erzittern lassen, und eine Meute von Fans, die ihren Rausch in der Musik findet – und mittendrin der Sohn des Gymnasiumdirektors, der aussieht, als hätte er den Abend seines Lebens schon jetzt erreicht. Hemd offen bis zum Bauchnabel, verschwitzt wie ein Marathonläufer, und textsicherer als der Schulchor am Weihnachtsabend.

Ich stehe da, überwältigt von diesem Spektakel, das alles bisher Erlebte in den Schatten stellt. Das Konzert endet viel zu früh, aber es hinterlässt eine Spur in meinem Leben, die so intensiv ist wie ein Erdbeben in einem Marmeladenglas. Ich kaufe mir sofort zwei Platten von Schwoißfuaß und laufe mit „Oiner isch immer der Arsch" im Ohr herum, als wäre ich der rebellische Held meines eigenen kleinen Universums.

Ja, das ist mein erster und sicher nicht letzter Ausflug in die Welt des Rock 'n' Roll. Und Hannes, der alte Fuchs, weiß genau, wie er mich aus der Reserve lockt.

KLASSENFAHRT

In der 8. Klasse, als wir auf Klassenfahrt nach Aalen ins Schullandheim fahren, ist das schon ein Ding. Eine ganze Woche ohne Eltern und Schule, dafür mit einem Plan, der uns vor Aufregung fast explodieren lässt. Und die Abschlussparty! Die Idee, dass wir selbst die Mucke auflegen dürfen, hat uns natürlich um den Finger gewickelt. Unsere Lieblingslehrer sind dabei, Herr Schulze und Frau Maag, die mit ihrer coolen Art sogar die Kunststunden erträglich macht.

Das Programm? Oh Junge, das hat es in sich! Vom Erlebnisbad, wo ich zum ersten Mal in den Genuss einer „römischen" Therme komme, über das römische Limesmuseum, wo wir uns wissend geben, bis hin zu Nördlingen, der einzigen Stadt damals mit einer voll begehbaren Stadtmauer in der Bundesrepublik, die noch uneins ist. Wie cool ist das denn? Wir fühlen uns wie Abenteurer auf Expedition, dabei sind wir nur ein paar Kids aus der Provinz.

Dass Nördlingen später mal eine größere Rolle in meinem Leben spielen würde, ist damals so fern wie der Mars. Wer hätte gedacht, dass ich dort in meinen wilden Zwanzigern fast unauffindbar in Leutkirch bin? Mein erster Bühnenpartner, Lande (Roland), ein Lehrer aus Nördlingen und gefühlt eine Ewigkeit älter als ich, zieht mich da rein. Er überredet mich, neben meinem normalen Job in Buchloe an den Wochenenden nach Nördlingen zu kommen und als Gitarrenduo durchzustarten. Aus zwei Typen mit Gitarren wird schließlich die 5-Mann-Band „Twist and Shout". Ich schwöre, zwischen Proberaum, Tonstudio und Hallenbühnen im Ries und seiner Hauptstadt fühle ich mich wie ein lokaler Superstar. In meiner Heimatstadt kennt mich höchstens noch der Briefträger.

Aber das sind meine wilden 20er. Wenn mir damals jemand gesagt hätte, während ich auf der Stadtmauer von Nördlingen spazierte, dass ich später mal im Amphitheater nebenan als Frontmann mit einer Schauspieltruppe den Watzmann rocken würde, vor ausverkauftem Haus – ich hätte denjenigen für verrückt erklärt! Gerade mal 10 Jahre zuvor hätte ich mir das nicht im wildesten Traum ausgemalt.

Man weiß nie, was kommt. Manchmal ist es verrückter als jede Geschichte, die wir uns als Kinder ausgedacht haben. Und diese Klassenfahrt nach Aalen? Ein kleiner Vorgeschmack auf die Achterbahnfahrt, die das Leben manchmal ist.

Es ist endlich so weit: die große Abschlussparty im Schullandheim steht bevor. Natürlich gilt Alkoholverbot – klar, auch wenn der ein oder andere klammheimlich ein Bierchen geschmuggelt hat. Die Party-Location wird von uns umgestaltet: Fenster abgehangen für die richtige Dunkelheit, denn das Ganze spielt sich von spätem Nachmittag bis frühen Abend ab. Zwei Plattenteller und ein Kassettenrekorder, die Jonny und Rik bedienen, sorgen für die richtige musikalische Untermalung. Damals dominieren BAP, Lindenberg, AC/DC, KISS und Status Quo die Playlist, und es wird gerockt und getanzt bis zum Abwinken.

„Ich muss mal", sagt Hannes zu mir und zieht mich mit zur Toilette. Wir stehen zusammen am Pissoir und plaudern lachend über den Nachmittag. Eine Toilette ist besetzt, das rote Zeichen an der Tür verrät es. Hannes klopft mehrmals an die Tür: „Hey, wer verbringt hier seine Ewigkeit? Raus da, du kleiner Scheißer, bevor ich die Tür einrenne!" Er will offensichtlich einen seiner Klassenkameraden aufziehen, aber es bleibt still drinnen, und wir unterhalten uns weiter.

„Unser Schulze ist schon 'ne coole Sau als Lehrer", meint Hannes. „Komm, lass uns wieder zurückgehen und weiterfeiern." Kaum sind wir zurück, kommt Herr Schulze grinsend in den Saal geschlendert. „Hannes, Hannes, Hannes!", ruft er, „wie lange ich da auf dem Klo saß, geht dich erstmal nichts an. Aber dass du mich eine coole Sau nennst, hat dich gerade so gerettet! Sonst hätte ich dir das Kreuz abgeschlagen, so dass du deinen Arsch in einer Schlinge hättest heimtragen müssen!" Er lacht herzlich und klopft Hannes auf die Schulter, bevor er ihn in den Arm nimmt. Hannes konnte nicht wissen, dass Herr Schulze auf der Toilette saß, aber wir lachen gemeinsam über diese Geschichte, während wir den Abend genießen, bevor es am nächsten Tag wieder nach Hause geht.

Diese Anekdote verbreitet sich im Gymnasium wie ein Lauffeuer und findet ihren Höhepunkt in einem Artikel der Schülerzeitung.

Ja, die Sprache in den 80ern ist eine andere als heute – auch die unserer Lehrer. Damals sitzen die Damen und Herren Pädagogen nicht mit Yoga-Pose und Räucherstäbchen im Lehrerzimmer, sondern kippen sich genüsslich ihren fünften Kaffee des Tages rein und tauschen ihr Erlebtes über uns Knalltüten aus. Diese Lehrer sind die wahren Helden, ausgestattet mit Kreidestaub auf den Klamotten und einer Kaffeetasse in der Hand, die sie fast schon wie einen Schutzschild tragen.

Wir sind in dieser Zeit die sogenannte „Null Bock-" und „Turnschuhgeneration". Wenn wir nicht gerade damit beschäftigt sind, unsere Schnürsenkel so locker zu binden, dass sie uns beim Gehen fast um die Füße fliegen, sorgen wir dafür, dass unsere Lehrer genug Gesprächsstoff haben, um ganze Kaffeepausen zu füllen. In der Schule gibt es keine Backpfeifen mehr, wie noch ein gutes Jahrzehnt zuvor. Dafür fliegen die Worte – direkt und meistens auch treffend. „Du hast

die Intelligenz eines abgestandenen Apfels",
kann ein Satz sein, der uns begleitet. Und
keiner nimmt ihnen das übel.

Schimanski, der legendäre Tatort-Kommissar,
schafft es locker dreißig Mal pro Folge,
„Scheiße" zu sagen, ohne dass es jemanden
schockiert. Heute würde man ihn
wahrscheinlich auf dem Scheiterhaufen der
politischen Korrektheit verbrennen. Damals
finden wir es einfach nur cool. Es ist ein
Sprachgebrauch, der so rau und ungeschliffen
ist wie unser Pausenhof.

Die Lehrer sind authentisch. Der Mathelehrer,
der einen wie eine Bratpfanne ansieht, wenn
man die x-te Gleichung verhunzt, und der
Englischlehrer, der kein Blatt vor den Mund
nimmt und einen „faulen Sack" nennt, wenn
man mal wieder die Hausaufgaben vergessen
hat. Diese direkte Art der Kommunikation ist
unser tägliches Brot. Und irgendwie formt sie
uns. Wir lernen, dass das Leben nicht immer
fair ist, dass Kritik manchmal wehtut und dass
man trotzdem weitermachen muss.

Es ist für mich auch eine Zeit, in der wir zu alt
für die Kinderfasnet und noch zu jung für die

Disko sind. Glücklicherweise gibt es Hannes, meinen treuen Gefährten durch diese seltsame Übergangszeit.

FREIBAD UND FLIEGENDER WECHSEL

Unser Sommerparadies ist und bleibt das Freibad am Stadtweiher. Für mich ist das besonders praktisch, denn der Bademeister, Herr Frankenthal, kennt meine Mama vom Turn- und Sportverein (TSG) und somit auch mich. Der kurze Draht hat seine Vorteile.

Mein Weg ins Freibad ist dabei immer ein kleines Abenteuer. Ich komme von der Repse und finde es praktischer, mich am gegenüberliegenden Ufer des Weihers ins Wasser zu werfen. Ein absolutes „No Go" für Herrn Frankenthal, der normalerweise sofort die Jungs vom DLRG mit dem Paddelboot ausfahren lässt um den Zechpreller zur Rede zu stellen. Jedoch nicht mit mir. Mit meinen Klamotten und dem Handtuch wasserdicht in einer Plastiktüte verpackt, schwimme ich rüber. Ein Auftritt, der seinesgleichen sucht. Am Eingang steht immer Herr Frankenthal, breit grinsend und mit einem Lächeln, das seine Badeschlappen fast zum Schmelzen bringt.

„Andreas, ich kenne dich", sagt er, als ich ihm meinen Jahresausweis unter die Nase halte. „Isch aber fein, dass du trotzdem deine Karte zeigsch! Woisch ja, eigentlich seh i des it so gern, aber du derfsch des!". Dabei zwinkert er mir zu, als hätte ich gerade eine olympische Leistung vollbracht. Die Karte ist nur Formsache, aber Herr Frankenthal scheint eine gewisse Freude daran zu haben, das Ritual aufrechtzuerhalten. Vielleicht ist es auch seine Art, uns Jungen das Gefühl zu geben, ernst genommen zu werden.

Im Freibad läuft alles wie in einer Sommer-Seifenoper. Die üblichen Verdächtigen tummeln sich auf den grünen Wiesen, die Kids machen das Sprungbrett unsicher, und die Mädels aus der Schule üben sich im Sonnenbaden, während wir versuchen, cool auszusehen und gleichzeitig nicht wie Gänseblümchen im Sturm umzufallen. Natürlich ist es Ehrensache, den Mädels aus der Klasse den Rücken mit Sonnencreme einzureiben. Immer dabei das lustige Taschenbuch mit Geschichten rund um Mickeymouse und Donald Duck - ja klar, die „Bravo" darf natürlich auch nicht fehlen. Die Nachmittage vergehen wie im Flug, und das Freibad wird zu unserem zweiten Zuhause.

Egal, ob wir uns am Kiosk mit Wassereis eindecken oder beim Tischtennis die Weltmeisterschaft ausfechten – Herr Frankenthal hat immer ein Auge auf uns. Er ist der unsichtbare Schutzengel in seinen ausgebleichten Badehosen, der sicherstellt, dass unser Sommer genau so unbeschwert bleibt, wie er sein sollte.

Und so schwimme ich oftmals über den Weiher, stolz wie ein Seepferdchen mit meiner wasserdichten Plastiktüte. Immer im Wissen, dass Herr Frankenthal am anderen Ufer auf mich wartet, bereit für das tägliche Ritual mit einem freundlichen „Isch aber fein, dass du trotzdem deine Karte zeigsch." Ein simpler Satz, der den Sommer perfekt abrundet und mir das Gefühl gibt, dass alles an seinem Platz ist.

Doch auch Hannes und meine unerreichte Hilde sollen nur ein flüchtiges Zeitfenster dieser Epoche bleiben. Ich schaffe es gerade so bis zur 8. Klasse, als es offensichtlich wird, dass meine Motivation, das Abitur in Angriff zu nehmen, ungefähr so stark ist wie die eines Faultiers auf Valium. Gitarre, Freibad, Bolzplatz und Tagträume nehmen einfach zu viel Platz in meinem Leben ein. Es ist unausweichlich: Der Wechsel zur Realschule steht bevor, ohne ein Jahr zu verlieren, direkt in die 9. Klasse.

Herr Schulze, der mich bis zuletzt unheimlich gern hat, erklärt meinen Eltern, dass ich wohl ein echter „Spätzünder" sei. „Ihr Sohn wird schon noch früh genug herausfinden, wofür es sich lohnt, seinen Arsch auf den 'Lernstuhl' zu setzen." Er hat Recht – auch wenn das noch bis zum Ende meiner beruflichen Ausbildung dauern sollte. Er lässt es jedoch nicht unversucht, meinen Eltern den Rat zu geben, mich auf eine Schauspielschule zu schicken. „Da liegt sein wahres Talent." Doch das ist keine Option. Viel wichtiger ist meinen Eltern, dass der Bub „was Gescheites" lernt und schnell auf eigenen Füßen steht.

Dank Hannes habe ich in dieser Zeit auf der Gitarre einiges dazugelernt. „Konkurrenz" belebt das Geschäft, sagt man ja so schön. Nur, wir waren nie wirklich Konkurrenten. Hannes und ich, wir waren eher wie zwei Musiker in einem verrückten Duett, bei dem jeder seine eigene Melodie spielte, ohne dem anderen die Note zu stehlen.

Irgendwann haben wir uns aus den Augen verloren, nach der Zeit im Gymnasium. Und Hannes? Der hat sich bei einem Motorradunfall das Unterbein abgerissen. Alles, was ich noch weiß, ist, dass er sein Handicap zum Beruf gemacht hat und irgendwo im Norden der Republik Prothesen anfertigt. Irgendwie passt das zu ihm, als ob das Schicksal ihm eine weitere Chance geboten hätte.

Hilde, ja, sie war lange mein Schwarm. Unerreichbar, so wie für viele andere Jungs in der Schule. Jetzt lebt sie in einer Großstadt in Deutschland, glücklich verheiratet mit einer Frau. Wenn ich darüber nachdenke, frage ich mich oft, was das für eine Zeit für sie gewesen sein muss. Damals, als das persönliche Outing noch in weiter Ferne lag und das Leben in einen vorgegebenen Rahmen gepresst wurde, der von der Welt noch Lichtjahre entfernt war.

Ich würde zu gern mit Hilde und Hannes einen Tee trinken, dazu einen Kuchen essen, die Zeit vergessen und einfach über das reden, was so in unseren Leben gefolgt ist. Denke ich an diese Vorstellung, scheint es mir wie ein kleiner, unvollendeter Traum, der mir immer wieder ein Lächeln ins Gesicht zaubert.

In der Realschule habe ich das Glück, einen Nebensitzer zu haben, der der Sohn einer befreundeten Familie meiner Eltern ist. Diese Familie hat unter anderem damals im Gemeindehaus zusammen mit meinen Eltern die Gäste bei meinem ersten Bühnenauftritt bedient. Thomas sitzt also neben mir, und ich hänge meinen linken Fuß lässig in die Vorrichtung am Schultisch, die eigentlich für den Schulranzen gedacht ist.

„So hocksch Du bei mir fei net rum!" sind die ersten Worte unseres Klassenlehrers, Herr Vogel. Aua, denke ich mir. Im Vergleich zu Herrn Schulzes sanftem Sarkasmus habe ich nun den Eindruck, in ein Bootcamp für schlaffe Schüler geraten zu sein, die man schleifen muss. Das lässt mich trotzdem unbeeindruckt. Hauptsache, ich habe die richtigen Schulkameraden um mich. Und der Pausenhof grenzt direkt an den vom Gymnasium – somit sind auch hier weitere soziale Kontakte haltbar, auch wenn sich das dann doch zerschlägt. Man ist wieder in seiner eigenen Welt.

Wie ich einleitend schon erwähnte, war das Aufwachsen in so einer Kleinstadt wie Leutkirch Ende der Siebziger und Anfang der Achtziger an bestimmte Regeln und Gewohnheiten geknüpft. Alles war ziemlich überschaubar, jeder kannte jeden, und es gab nicht viele Geheimnisse. Oder besser gesagt, es gab viele, aber die wurden meistens einfach unter den Teppich gekehrt. Ein großes Thema, das wir damals nicht auf dem Schirm hatten, war der Krieg. Klar, er lag gerade mal 30 bis 40 Jahre zurück, aber keiner sprach darüber. Und ich meine wirklich keiner.

Dabei hätte man denken können, dass das eine große Sache ist. Der Krieg und das, was er aus der Generation machte, die seine Spätfolgen direkt abbekam: unsere Eltern. Mein Vater zum Beispiel wuchs in Unterzeil auf, einem kleinen Dorf am Fuße vom Berg gelegen, auf dem Schloss Zeil thront. Das ist so etwa acht Kilometer von Leutkirch entfernt. Seinen ältesten Bruder, der Reinhold hieß, lernte er nie kennen, weil der schon in Kindheitstagen an einer Mittelohrentzündung verstarb. Heute kaum vorstellbar, aber damals war der Tod eben ein ständiger Begleiter. Krankheiten, die heute als harmlos gelten, hatten oft fatale Folgen.

Meine Großeltern, die nicht lange um den heißen Brei redeten, nannten das zweite Kind dann auch wieder Reinhold. Und danach kam mein Vater zur Welt. Die Beziehung zwischen meinem Vater und seinem Vater war, sagen wir mal, nicht die einfachste. Mein Opa war ein armer und kranker Mann, der schon sehr früh seine Eltern und fast alle Geschwister verlor und in bitterer Armut aufwuchs. Hunger hatte er viel gelitten, so viel, dass er irgendwann seinen Magen und Darm kaputt machte. Durch Kaffeeersatz, den er gegessen hatte, um irgendwie das Hungergefühl zu unterdrücken. Man muss sich das mal vorstellen, Kaffeeersatz essen. Später wuchs er getrennt von seiner einzigen Schwester in Memmingen auf.

Seine gesundheitliche Verfassung ersparte ihm den Einsatz im Krieg, was ja vielleicht ein Glück war, wenn man es aus einer gewissen Perspektive betrachtet. Andererseits machte es ihn zu einem Gelegenheitsverdiener. Er hielt sich mit Uhrenmachen, Bildermalen und

Musizieren in den Dorfkneipen über Wasser. Naja, eher unter Wasser, wenn man ehrlich ist. Wäre da nicht meine Oma gewesen, die in Unterzeil mit der Milchverteilung gerade genug verdiente, um die Familie irgendwie durchzubringen.

Meine Oma habe ich leider nie kennengelernt. Sie starb viel zu früh, als mein Vater gerade bei der Bundeswehr war. An meinen Opa erinnere ich mich noch gut, auch wenn er vor meinem zwölften Geburtstag starb. Vor allem seine Augen sind mir unvergesslich. Diese Augen! Ein durchdringender Blick, als könnten sie in die tiefsten Geheimnisse der Seele schauen. Das hat mich fast schon hypnotisiert. Er konnte es tatsächlich: hypnotisieren. Es gab Leute in Unterzeil, die erzählten, dass seine Uhren an dem Tag, als er verstarb, stehen blieben. Ob das wirklich stimmt, konnte ich nie überprüfen und wollte es auch nicht. Ist ja eigentlich auch egal. Mich hat er jedenfalls nie hypnotisiert, aber seine Geschichten über das Leben, die erzählte er in einer Lebendigkeit, die ich nie vergessen werde.

Mein Vater lernte dann Elektrotechnik, nachdem sein Bruder Physik studiert hatte.

Für ein weiteres Studium für den jüngeren Sohn war kein Geld da, also kämpfte sich mein Vater mit seiner Begeisterung für Technik durchs Leben. Damit baute er für sich und unsere kleine Familie eine gutbürgerliche Existenz auf. Der Kampf war für ihn wohl so etwas wie ein Lebensmotto, was er auch als junger Mann beim Boxen lernte. Der Krieg hatte Spuren hinterlassen, das war klar, Spuren, die nicht immer sichtbar, aber stets präsent waren. Die Generation unserer Eltern war geprägt von Verlusten, Entbehrungen und einem unbändigen Willen, trotzdem weiterzumachen.

Bei uns zu Hause wurde nicht groß über Gefühle gesprochen. Das war einfach so. Man machte weiter, egal was kam. Mein Vater, der immer still und stoisch seinen Weg ging, zeigte mir, dass man auch ohne große Worte stark sein kann. Manchmal denke ich, dass dieser durchdringende Blick meines Opas und die stillschweigende Entschlossenheit meines Vaters etwas waren, das man nur in dieser Zeit lernen konnte. Eine Zeit, die uns, obwohl wir es damals nicht wussten, nachhaltig prägte.

Die Geschichten und Erinnerungen aus dieser Zeit sind wie alte Fotos, die man immer wieder hervorkramt, um sich daran zu erinnern, was war und was uns geformt hat. Es war eine raue, aber ehrliche Zeit, die uns lehrte, dass das Leben nicht immer fair ist. Aber es kommt eben auf die kleinen Momente der Freude und des Zusammenhalts und darauf an, was man aus seiner Eigenverantwortung macht, die einem die Kraft geben, weiterzumachen.

Meine Mutter kam, wie bereits einleitend erwähnt, auf der Flucht zur Welt. Meine Oma musste Haus und Hof in Schlesien verlassen, um vor der Besatzungsmacht aus Russland zu fliehen. Mein Opa fiel an der Ostfront und gilt bis heute als vermisst. Kein Grab und kein Ort an dem sich meine Mama hätte verabschieden können, von einem Vater, den sie nie gesehen hat. Das alles war so weit weg von dem Leben, das ich kannte, dass ich als Kind und Jugendlicher nie richtig darüber nachdachte, geschweige denn, es wirklich verstand. Man lebte eben so, wie es einem beigebracht wurde. Einer der Sätze, die mir immer in Erinnerung geblieben sind, war: „Wie läufst du wieder rum, Junge? Was sollen denn die anderen von uns denken?" Erst kurz vor ihrem Tod, als ich die Gelegenheit nutzte, mit meiner Mutter über ihre Kindheit und Jugend zu sprechen, wurde mir schlagartig klar, was hinter diesen Worten verborgen lag.

Sie war ein Flüchtlingskind. Damit war man in Leutkirch in den frühen und späten 50ern ein sogenannter „Neigschmeckter" - um es harmlos auszudrücken: ein Alien. Um jedem Gerede aus dem Weg zu gehen, achtete man sehr auf sein Äußeres und darauf, wie man sich in der Gesellschaft gab. Alles musste korrekt sein, bloß keinen Anlass für Gerede bieten. Trotzdem durften die anderen Kinder in ihrer Klasse in der Pause spielen, während sie für den Lehrer noch einen Privat-Einkauf beim Bäcker erledigen musste. Wehe, sie kam zu spät aus der Pause zurück mit den aufgetragenen Besorgungen. Dann gab es „Tatzen", und das hieß nicht, dass sie eine kleine Streicheleinheit bekam.

Eine ihrer Schwestern, Tante Renate, war eine wirklich attraktive Erscheinung, ein echtes Schmuckstück, in das sich auch der Sohn einer alteingesessenen Familie in Leutkirch verguckte. So war sie dann auch eingeladen und durfte an deren Tisch beim Bürgerball zur Fasnet sitzen. Das war schon was, fast wie ein Ritterschlag. Aber als sie mit der Mutter ihres anhimmelnden Freundes alleine am Tisch saß, meinte diese nur: „Du bist so ein schönes Mädchen, aber weißt du, du bist halt nur ein Flüchtlingskind." Zack. So schnell geht das mit den schönen Fassaden.

Ich hatte in meiner Kindheit keine Berührungspunkte mit solchen Vorurteilen. Meine Welt war anders. Aber ich wuchs in einem Umfeld auf, in dem sich Eltern, Tanten und Onkel ohne Wenn und Aber liebten und sich alles erarbeiteten, ohne jemals etwas geschenkt zu bekommen. Diese familiäre Solidarität und der feste Zusammenhalt waren beeindruckend, auch wenn ich damals noch nicht ganz begriff, was alles dahintersteckte.

Die Geschichten meiner Mutter klangen wie aus einem anderen Universum. Die Bilder, die sie malte, wenn sie von der Flucht erzählte, hatten eine Schärfe und Klarheit, als hätte sie das alles erst gestern erlebt. „Weißt du," sagte sie einmal, „als wir ankamen, hatten wir nichts außer den Kleidern auf unseren Rücken und die Hoffnung, dass uns niemand mehr vertreiben würde." Dieser Satz blieb hängen, nicht nur wegen seiner Schwere, sondern auch wegen der Art, wie sie ihn sagte – mit einer Mischung aus Stolz und Melancholie.

Ich kann mich noch gut daran erinnern, wie meine Mutter eines Abends, als ich wieder einmal in zerrissenen Jeans und mit wildem Haar in die Küche schlenderte, einen tiefen Seufzer von sich gab. „Du hast keine Ahnung, wie gut du es hast", sagte sie und lächelte müde. Es war ein Lächeln, das mehr sagte als tausend Worte. Ein Lächeln, das von all den Kämpfen, den kleinen Siegen und den großen Verlusten erzählte.

Diese Geschichten formten nicht nur meine Sicht auf die Welt, sondern auch meine Wertschätzung für die kleinen Dinge im Leben. Die unermüdliche Arbeit meiner Eltern und Verwandten, ihre Fähigkeit, trotz allem Zusammenhalt und Liebe zu bewahren, das alles prägte mich tief. Es war eine Lektion in Demut und Dankbarkeit, die ich ohne diese Erzählungen nie gelernt hätte.

Manchmal, wenn ich durch die Straßen von Leutkirch laufe, stelle ich mir vor, wie es damals war. Wie meine Mutter als kleines Mädchen durch die gleichen Straßen ging, mit einer Tasche voller Brötchen für den Lehrer, die Augen voller Unsicherheit, aber auch voller Hoffnung. Und ich merke, dass ich, trotz aller Unterschiede und Jahrzehnte dazwischen, immer ein Stück von ihr in mir trage.

Meine Eltern lernten sich tatsächlich bei der Arbeit kennen. Mama, die sich mit Kaffeekochen und Terminplanungen bestens auskannte, war Sekretärin, und Papa, der Technik-Flüsterer, werkelte als Techniker in einem Unternehmen in Kisslegg, nicht unweit von Leutkirch. Irgendwann kam die Aufgabe, die Technik für den Messestand des Unternehmens in Köln zu installieren, und Papa durfte ein paar Tage in der großen Stadt verbringen. Mama ebenso, denn irgendwer musste ja die Kontakte katalogisieren und aufnehmen – was bedeutete, Visitenkarten zu stapeln und so zu tun, als wäre das der spannendste Job der Welt.

Auf der Rückfahrt saß mein Papa ihr im Zug gegenüber und tippte mit dem Finger in der Luft herum, als würde er eine unsichtbare Tastatur bedienen. Mama war eine Weile lang belustigt, bevor die Neugier siegte. „Was machen Sie da?" fragte sie schließlich mit einem Tonfall, der irgendwo zwischen Amüsement und echter Verwirrung lag. Papa lächelte und schüttelte den Kopf, als wäre er gerade Zeuge eines wundersamen Ereignisses geworden. „Wenn ich soviel Geld hätte wie Sie Sommersprossen, dann müssten wir beide nicht mehr arbeiten."

Zack, damit hatte er den Jackpot geknackt. Hammerromantisch, oder? Damit brachte er jedes Eis bei Mama zum Schmelzen. Einige Liebesbriefe hin und her später waren die beiden ein Paar. Ohne Wenn und Aber.

Die Briefe flatterten wie verliebte Brieftauben auf einem nostalgischen Abenteuertrip. Jeder Buchstabe, jedes Wort, war eine kleine Liebeserklärung in Briefform. „Du bist wie der Sonnenschein an einem trüben Tag", schrieb er, und sie konterte mit: „Und du bist der Regenbogen nach dem Sturm." Klar, aus heutiger Sicht klingt das ein bisschen nach Kitsch, aber damals war das schlichtweg magisch. Es war diese Art von Magie, die in verstaubten Büros und überfüllten Zügen gedeiht, wo Technik und Romantik sich die

Hand geben und sagen: „Lass uns was Wunderschönes auf die Beine stellen."

Und so wurden sie ein Paar, ohne großes Drama, ohne Hin und Her. Einfach so. Weil manchmal die besten Geschichten einfach passieren, ohne dass jemand groß darüber nachdenkt. Da saßen sie also, in den Kaffeekränzchen des Lebens, während ich schon unterwegs war, bevor die Hochzeitsglocken läuteten. Meine Oma, mütterlicherseits, war streng katholisch und wollte von Mama kurz nach der Hochzeit wissen, wann ich denn auf die Welt kommen würde. „Im Dezember", antwortete Mama. Oma schien sich die Finger wund zu rechnen, neun Monate zurück, und stellte fest, dass ich wohl mehr als zwei Monate vor der Hochzeit zeugungstechnisch unterwegs gewesen sein musste. Ein Affront! Sie sprach kein Wort mehr mit meinen Eltern.

Bis Papa sich nach ein paar Wochen endlich ein Herz fasste, die Sache ansprach und fragte, was das Theater solle. Ihre Antwort war nur: „Was hätte denn deine Mutter gemacht, Rudi, wenn sie das erfahren hätte?" Papa schaute sie an, als wäre er ein geduldiger Lehrer vor einem Schüler, der nicht aufpasst, und sagte mit völliger Überzeugung: „Sie hätte Wolle gekauft und angefangen zu stricken." Was für ein Statement! Das saß so tief, dass der Bann zwischen Oma und meinen Eltern sofort gebrochen war. Da konnte mein Papa in diesem Moment meiner Oma nicht eindrucksvoller vermitteln, dass es die Liebe ist, die noch vor jeder steifen Ordnung siegt und zuletzt gewinnt.

Stellen Sie sich nun die Szene vor: Ein sonntäglicher Kaffeetisch, der Duft von frischem Kuchen hing in der Luft wie ein schmackhaftes Versprechen, die Anspannung zwischen den Beteiligten beinahe greifbar. Papa, der mit seiner ruhigen und bestimmten Art das Wort ergriff, und Oma, deren starres Gesicht nach und nach weicher wurde. Da verschmolzen ihre religiösen Prinzipien mit der schlichten, aber kraftvollen Realität, dass Liebe eben nicht immer nach Plan verläuft.

Und da saßen sie dann, Papa mit einem triumphierenden Lächeln, Mama mit einem erleichterten Seufzer und Oma, die sich in diesem Augenblick entschied, das Vergangene ruhen zu lassen. Sie tat genau das, was Papa prophezeit hatte: Sie ließ das Herz über die Prinzipien siegen. Von da an war Oma wieder voll im Spiel. Sie strickte mir tatsächlich einen ganzen Haufen Babysachen, als könnte sie damit die vergangenen Wochen der Sprachlosigkeit wettmachen. Und ich? Ich war das glücklichste Baby, eingehüllt in Oma-Liebe und handgemachte Strickware. Es war die Art von Happy End, die man sich für jede Familiengeschichte wünschen würde.

So wurde aus einem moralischen Drama ein Triumph der Menschlichkeit. Papa hatte nicht nur die Herzen gewonnen, sondern auch gezeigt, dass ein bisschen Humor und viel Liebe selbst die festgefahrensten Einstellungen ins Wanken bringen können. Und Oma? Sie hatte eine neue Lektion gelernt: Manchmal kommt das wahre Glück eben schon ein bisschen früher als geplant.

Als Oma Agnes schließlich auf ihrem Sterbebett lag, rief sie Papa an ihre Seite. Ihre Augen, von der Zeit gezeichnet, strahlten dennoch eine liebevolle Wärme aus. Mit einer Stimme, die leise, aber voller Zuneigung war, sagte sie zu ihm: „Rudi, ich werde für dich einen besonderen Platz freihalten." Es war ihre Art zu sagen, dass er, der einst den Frieden in die Familie gebracht hatte, auch im Jenseits nicht allein sein würde.

So bleibt die Erinnerung an diese liebevolle, wenn auch komplizierte Frau, die am Ende ihres Lebens doch noch das Wichtigste erkannt hatte: Dass Liebe und Humor stärker sind als jede Regel und jedes Vorurteil. Und dass man manchmal einfach Wolle kaufen und anfangen muss zu stricken, um das Leben ein bisschen bunter zu machen.

Zu meiner Zeit war der Begriff Heimat noch nicht das große Marketing-Geschäft, das er heute ist, mit Lederhosenspektakel und dem allgegenwärtigen Oktoberfest in fast jeder alpenländischen Ecke. Damals war es verpönt, in Trachtledernen herumzulaufen. Stattdessen schlüpfte man in Jeans, T-Shirts oder Sweater und Turnschuhe. Dazu gesellte sich der Parka – natürlich in Militärgrün, mit der kleinen Deutschlandfahne an der rechten Schulter oder, wenn man zu den ganz Coolen gehörte, einem Che-Guevara-Patch. Buttons waren das i-Tüpfelchen: „Null Bock", „Schule? Nein, danke!" oder „Atomkraft? Nein, danke!"

In Leutkirch hatte man den „genialen" Einfall, eine Kuh im Comicformat zu entwerfen. Sie hieß Axel mit dem beiläufigen Spruch „Mir gefällt's hier prima!" auf Einkaufstüten und T-Shirts. Mehr hatte ich nicht ergattern können.

Erinnern wir uns an diese Tage: Das Städtchen war von einer wohltuenden Langsamkeit erfüllt. Die Straßen wurden von rostigen Fahrrädern und quietschenden Mopeds dominiert. Die Abende verbrachte man im Jugendzentrum oder am Bolzplatz, wo der Geruch von frisch gemähtem Gras und verschwitzten Adidas-Turnschuhen in der Luft hing. Unsere „Heimat" war nicht von Lederhosen oder Dirndln geprägt, sondern von einer unbeschwerten Freiheit, die wir in unseren lässigen Outfits zur Schau trugen.

Der Parka war mehr als nur ein Kleidungsstück, er war ein Statement. Er hatte große Taschen, perfekt für Pausenbrote, heimliche Zigaretten und das kleine Taschenradio, das uns mit den neuesten Hits versorgte. Wenn man so in der Schule auftauchte, fühlte man sich sofort wie ein Teil einer geheimen, rebellischen Gemeinschaft. Die Parkas waren unsere Uniform, unsere

Rüstung im täglichen Kampf gegen die Langeweile des Unterrichts und die strengen Blicke der Lehrer.

Die Buttons an unseren Parkas erzählten Geschichten. Sie waren unsere Stimme in einer Welt, die oft nicht zuhören wollte. „Null Bock" – das war unser stiller Protest gegen den monotonen Schulalltag. „Atomkraft? Nein, danke!" – das war unsere Art, politisch Stellung zu beziehen, auch wenn wir vielleicht nicht ganz verstanden, wogegen wir da eigentlich waren. Es ging ums Prinzip, ums Dabeisein.

Und dann war da noch, wie bereits erwähnt, Axel, die Comic-Kuh. Der Marketing-Gag einiger Stadtväter, der bei uns eher für Kopfschütteln sorgte. „Mir gefällt's hier prima, zwischen Kuhfladen und Trachtlederhosen!" machte sich meine Mama lustig darüber. Dass einer meiner Freunde ebenfalls den Namen Axel trägt, machte die Sache für ihn nicht einfacher. Er konnte sich vor dummen Sprüchen kaum retten, aber irgendwie stärkte das nur unsere Freundschaft. Schließlich war es diese Art von Alltagskomik, die unser Leben in Leutkirch ausmachte.

Unsere Heimat war nicht geprägt von großen Events oder traditionellen Festen, sondern von den kleinen, oft skurrilen Momenten, die uns zusammenschweißten. Es war eine Zeit der Unbekümmertheit, des leisen Protests und des Zusammenhalts. Eine Zeit, die uns prägte und die wir, trotz aller Unvollkommenheiten, nicht missen möchten.

Natürlich gab es auch Brauchtum. Nehmen wir die alljährliche Fasnet, bei der das Leutkircher Dreigestirn in Form der Stadthexe, der grünen Hexe und der Katze die Straßen bis heute unsicher macht. Mein Onkel Siegbert war da immer ganz vorne mit dabei. Als Vorstand der Stadthexen war er jedes Jahr on Fire, wenn die Kampagne startete. Schon Tage vorher war er nicht mehr zu gebrauchen, weil er mit einer Mischung aus Vorfreude und leichtem Wahnsinn die letzten Details plante.

Die Umzüge durch die Stadt waren legendär. Man sah die Stadthexen, die in ihren imposanten Holzmasken und dem unverwechselbaren Häs durch die Gassen zogen. Onkel Siegbert war eine Naturgewalt, wenn er in seiner Verkleidung aufging. Seine Augen blitzten durch die schmalen Schlitze der Maske, während er mit Besen bewaffnet die Zuschauer erschreckte und dabei herzlich lachte.

Die Bälle in der Festhalle waren das Highlight, besonders ab meinem 16. Lebensjahr. Sie dienten nicht nur dazu, das Brauchtum zu feiern, sondern auch, um erste Bekanntschaften mit dem anderen Geschlecht zu machen. Ein Drink an der Bar, ein schüchternes Lächeln, und wenn alles perfekt lief, ein Fasnetskuss, der einem das Herz bis in die Haarspitzen zum Kribbeln brachte. Die Luft war schwer von Parfüm und Schweiß, gemischt mit dem süßen Duft von Alkohol und der klebrigen Süße von Bonbons, die aus den Taschen der Hästräger rieselten.

In den 70ern waren die Spielregeln für die Maskenträger noch strenger. Bis Mitternacht durften sie ihre Masken in der Halle nicht abnehmen. Das führte zu skurrilen Szenen, in denen man durch Strohhalme Bier trank und der Alkoholpegel ins Unermessliche stieg. Um Mitternacht verschwanden die Hästräger dann wie Geister in die angrenzende Turnhalle, um sich umzuziehen und unerkannt zurückzukehren. Es war ein Spiel mit der

Identität, ein Katz-und-Maus-Spiel, bei dem jeder wusste, wer wer war, aber niemand es zugeben wollte.

Heute ist das alles viel lockerer. Die Masken dürfen früher fallen, und die geheimen Umkleideaktionen sind einer entspannten Atmosphäre gewichen. Doch die Magie der Fasnet, die nächtlichen Umzüge, das verschwörerische Kichern hinter Masken und das berauschte Glück an der Bar, das bleibt. Es sind diese Momente, die uns verbinden und die in unserer Erinnerung weiterleben, auch wenn die Zeiten sich ändern.

Nicht zu vergessen ist auch das alljährliche Kinderfest auf der Wilhelmshöhe, umgeben vom Wald, das direkt an die Repse grenzte. Mit den extra dafür gebauten Blockhütten, dem Weinstadel und dem angrenzenden Rummelplatz sowie dem Bierzelt konnte man hier noch mit 50 Pfennig eine Runde Autoscooter fahren. Ja, 50 Pfennig – das waren noch Zeiten, als man mit ein paar Groschen den Duft von Freiheit und Abenteuer in der Nase hatte.

Das Herzstück des Festes war der Kinderfestumzug, der sich wie eine bunte Schlange durch die Stadt schlängelte. Schüler aus den Grundschulen und den ersten Klassen der weiterführenden Schulen, eingekleidet in Kostüme, die oft mehr Enthusiasmus als Stoff enthielten, stellten verschiedene Themen dar. Zwischen Blaskapellen und Fanfarenzügen marschierten sie durch die Straßen, begleitet von stolzen Eltern, die am Rand standen und eifrig winkten.

Ich war in meinen Grundschuljahren megastolz, da mitzulaufen. Jedes Jahr wieder. Der Höhepunkt war der Moment, wenn meine Mama mich in der Menge entdeckte. Ich konnte ihren Blick schon aus weiter Ferne spüren. Da stand sie dann, in ihrem besten Sommerkleid, das sie extra für diesen Tag aufgehoben hatte, und winkte wie eine Verrückte. Und wenn sie mich erkannte, dann war ich stolz wie Bolle. Ihr Lächeln war die Bestätigung, dass all die Mühen und das Schwitzen im Kostüm sich gelohnt hatten.

Der Weinstadel war ein Ort der Erwachsenen, aber für uns Kinder hatte er immer etwas Geheimnisvolles. Die Erwachsenen lachten dort laut und klangen irgendwie fröhlicher als sonst. Für uns war der Rummelplatz mit seinem Autoscooter und dem süßen Geruch von gebrannten Mandeln der wahre Magnet. Wir strömten dorthin wie Motten zum Licht und verbrachten Stunden damit, die besten Tricks beim Zusammenstoß zu erlernen.

Dann war da noch das Bierzelt. Ein riesiges, lärmendes Etwas, das von innen immer viel größer schien als von außen. Die Menschen saßen dicht gedrängt auf den Bänken, schmetterten Lieder und prosteten sich zu. Es war der Ort, an dem sich die ganze Stadt traf und Geschichten austauschte, die meistens mit „Weißt du noch damals…" begannen.

Der Umzug endete oft mit einem großen Finale auf der Festwiese. Es gab Applaus und strahlende Gesichter. Manchmal gab es auch Tränen – meistens bei den jüngeren Teilnehmern, die den ganzen Trubel noch nicht so recht verstanden.

Am Ende des Tages war ich dann erschöpft, aber glücklich. Mama und Papa holten mich ab, und wir machten uns auf den Heimweg, vorbei an den langsam verblassenden Lichtern des

Rummels und den letzten Klängen der Blasmusik und Schausteller. Es war ein Gefühl von Gemeinschaft und Zugehörigkeit, das in solchen Momenten besonders stark war. Ein Gefühl, das ich nie vergessen werde.

Die Innenstadt von Leutkirch Anfang der 80er war wie ein ganz anderer Planet im Vergleich zu heute. Der Einzelhandel blühte, und die Schaufenster waren in fast jedem Geschäft mit Herzblut dekoriert. Die Gastronomie bewegte sich irgendwo zwischen gutbürgerlicher Küche und italienischem Flair, wobei letztere mein absoluter Favorit war – ich werde nie die erste Pizza vergessen, die ich unweit der Städtischen Bierbrauerei gegessen habe. Es war auch die Zeit der italienischen Eiscafés: Nachdem man als deutscher Tourist in Italien begriffen hatte, dass es mehr gibt als Filterkaffee, fanden Cappuccino, Latte Macchiato und Café Crème ihren Weg in unsere Städte. Leutkirch hatte nun zwei sehr gut besuchte italienische Eiscafés, die gleichzeitig auch die Treffpunkte der Jugend waren.

Ganz wichtig in dieser Ära war das Café Drops, vis-à-vis vom Lamm, das es heute immer noch gibt. Um die Ecke vom Drops, in der Lammgasse, befand sich neben dem kleinen Käseladen der Second-Hand-Shop meiner Mama, „Barbaras Fundgrube". Diesen gab sie Ende der 80er Jahre auf und ging ins Angestelltenverhältnis als Büroassistentin zurück. Was heute für die Jugend ein Chatroom in WhatsApp ist, war damals dieses Café, das wir wie unser zweites Wohnzimmer behandelten. Es ging so weit, dass wir unsere Schultaschen an unserem Stammplatz dort liegen ließen, um diesen als reserviert zu kennzeichnen, wenn es zwischen den Schulstunden größere Pausen gab, die wir für den Austausch im Café nutzten. Hier wurden Wochenendpläne geschmiedet und Neuigkeiten ausgetauscht, und das Lachen und Weinen bedurften keiner Emoticons, sondern waren einfach echt.

Heute macht es mich traurig, wenn ich sehe, wie die Innenstadt ein Opfer der digitalen Welt geworden ist. Fast jeder vierte Laden steht leer, und anstelle der bunten Vielfalt von damals findet man hier jetzt Nagelstudios, Barbershops und Tattoo-Läden. Ich bewerte das nicht, es ist einfach eine andere Zeit.

Letztendlich verbinde ich aufgrund all dessen, was ich erlebt und miterlebt habe, den Begriff Heimat mit einem einfachen Satz: Heimat ist nicht dort, wo man deine Sprache spricht, sondern dort, wo man dich versteht.

KIRCHE UND FANFAREN

Ja, ich war Ministrant. Bereits nach meiner Erstkommunion schob mein Vater das Thema beiläufig beim Abendessen ein, als würde er mich für einen Geheimbund anwerben.

„Also, weischt du…" begann er mit einem Grinsen, das halb verschwörerisch, halb triumphierend wirkte. Seine Stimme, eine Mischung aus rauem Humor und einem Anflug von Melancholie, schien das Versprechen einer guten Anekdote in die Luft zu werfen. „Ministranten," fuhr er fort, und der Hauch von Ironie in seinem Tonfall ließ keinen Zweifel daran, dass er seine Zuhörer fesseln wollte, „die waret scho immer die Schlimmscht von alle!"

Das saß. Ich stellte mir die Jungs vor – auf den ersten Blick brave Kerle, die sich feierlich vor dem Altar niederknieten und brav Amen sagten. Aber wehe, der letzte Weihrauch war verraucht und der Pfarrer hatte sich verzogen. „Damals", erzählte er und bekam diesen verschwörerischen Blick, „da in Unterzeil, da haben wir alles gemacht – Im Pfarrhaus

Messwein probiert, im Beichtstuhl Verstecken g'spielt, und im Zeltlager gschlägert und Cowboy und Indianer g'spielt! Des war legendär. Ja, wenn du was erleben willsch, dann geh zu den Ministranten."

Und ich? Ich dachte: Ja, genau. Ministranten waren also quasi das Allgäuer Rockerchapter, nur eben ohne Lederjacken und Motorräder.

Einmal die Woche treffen wir uns im alten Spital zur Gruppenstunde. Markus und Alfred, unsere zwei Gruppenleiter, haben das perfekte Gespür: immer zu Schabernack bereit und uns gleichzeitig bestens im Griff. Besonders in der dunklen Jahreszeit, wenn es schon ab fünf stockdunkel wird, kennen die beiden kein Pardon. Kaum sitzen wir ahnungslos im Gruppenraum, geht plötzlich das Licht aus. Dann wissen wir alle, was los ist: Die Tür knarzt, und im schwachen Restlicht stehen da zwei Gestalten in alten Vorhängen und flüstern unheilvoll: „Der Killer kommt!" Das ist unser Startschuss. Wie die Wilden stürzen wir uns auf die „Eindringlinge", bis keiner mehr weiß, wer jetzt genau der Killer ist. Blaue Flecken? Klar, die gibt's — aber wen juckt das? Spaß muss sein.

Und natürlich ist da noch Kaplan Häberle. Der Typ ist die Legende schlechthin! Ein Kirchenmann, der wirklich Spaß versteht. Zum Kinderfest hat er immer „a Fuffzigerle" für uns Jungs dabei – ist Ehrensache. Seine Witze? Einzigartig. Auch wenn nicht jeder von uns immer ganz durchblickt, lustig sind sie immer. Deshalb bekommt er bei jedem Ausflug und in unserem Kultsong „Aber unser einer der hat nix!" seine eigene Strophe: „Jeder Stadtkaplaaahan hat nen Größenwahn, aber unser oiner der hat nix…"

Das absolute Highlight? Ganz klar: das jährliche Ministranten-Fußballturnier. Da kommen sie alle zusammen, die Jungs aus den Dörfern und Kleinstädten im ganzen Kreis, um auf dem gepflegten „Delta-Fußballplatz" in Leutkirch beim Jugendinternat um den heißbegehrten Wanderpokal zu kämpfen. Und wer organisiert das alles? Natürlich Kaplan Häberle. Der kennt halt jeden im Umkreis und kriegt die Teams Jahr für Jahr an den Start, als wäre er der Franz Beckenbauer der Ministrantenliga.

Mein Freund Axel und ich, wir nehmen das mit dem Training ernst. Wochenlang stehen wir nach der Schule auf dem Platz, schwitzen und ackern wie die Großen. Axel hat diesen bestimmten Laufstil – immer ein bisschen zu schnell für seine eigenen Füße – und ich? Naja, ich versuche mich an allem, was halbwegs aussieht wie ein Torabschluss. Aber bei aller Mühe, für die 1. Mannschaft reicht es nicht. Die ist für die Jungs reserviert, die auch im Verein spielen und auf dem Platz aussehen, als wären sie für die Nationalmannschaft bestimmt.

Also landen Axel und ich – mal wieder – in der 2. Mannschaft. Klar, wir geben unser Bestes, aber die erste Mannschaft von Leutkirch, die ist halt die Macht. Wenn wir auf dem Turnier ankommen, dann flüstern die anderen schon. Leutkirch, das sind die Jungs, die den Wanderpokal fast jedes Jahr nach Hause holen. Die ganze Sache hat fast etwas Ehrfurchtvolles, wie sie da auf dem Feld stehen und loslegen. Axel und ich feuern natürlich an und tun so, als hätten wir daran einen kleinen Anteil.

Und dann gibt es noch das große Ministrantentreffen. Einmal im Jahr steigen wir in den Bus und düsen raus aus Leutkirch, mitten in die Allgäuer Voralpen. Einmal landen wir in Börlas, irgendwo zwischen Bergen und Kuhweiden, wo uns – Trommelwirbel! – tatsächlich Bischof Leiprecht persönlich beehrt. Der Mann in purpurrotem Ornat, mit einem Lächeln, das so einladend wirkt, als würde er uns alle gleich auf einen Sonntagsbraten einladen.

Der Haken? Ich habe mich am Vorabend bei unserer „Der-Killer-kommt!"-Action derart verausgabt, dass mir beim Austausch mit dem Bischof ernsthaft die Augen zufallen. Da sitzt er also vor uns, schaut mich direkt an, und statt empörtem Kopfschütteln bekomme ich ein grinsendes „Mensch Kerle, jetzt legsch di nommal na." Ein Wohlwollen in der Stimme, als hätte er das schon hundertmal gesehen. Das sind die Erinnerungen, die bleiben: Freundschaft, Abenteuer und die Leichtigkeit dieser Gemeinschaft, wo selbst ein Nickerchen vor dem Bischof irgendwie dazuzugehören scheint.

Dieses Jahr, ich bin bereits 14, trifft sich alles: Ostern und Papas vierzigster Geburtstag fallen auf dasselbe Wochenende. Die große Feier steigt ausgerechnet am Karsamstag, und wie könnte es anders sein — am nächsten Morgen stehe ich für den ersten Dienst um 7:30 Uhr auf der Liste. Während die anderen noch halb im Tiefschlaf oder zumindest im Feiertagsmodus sind, muss ich in aller Frühe aufstehen und ins Gewand schlüpfen.

Zur selben Zeit ist Papa nicht nur kurz davor, den Titel "echter Schwabe" zu verdienen — so sagt man, wenn jemand vierzig wird —, sondern ist auch noch Vorstand des Fanfarenzugs Leutkirch. Mama steckt bis zum Hals in den Vorbereitungen und schleppt gefühlt hundert Schüsseln Kartoffelsalat in die Küche, während Papa Bierkästen und Fässer durch die Wohnung bugsiert. "Was geht hier eigentlich ab?", frage ich mich. So harre ich gespannt dem Samstagnachmittag, bis es endlich klingelt.

Draußen steht eine ganze Truppe in voller Fanfarenmontur, rund dreißig Mann, die loslegen und ein musikalisches "Stell-Dich-ein" vom Feinsten abliefern. Ein Privatkonzert für Papa! Stolz wie Bolle überreiche ich ihm mein Geschenk: einen Maßkrug mit Zinndeckel, eingraviert mit "Zum 40., alles Liebe". Doch kaum ist der letzte Ton verhallt, dämmert mir, was hier passiert: Die komplette Meute stürmt unser Haus, bereit zum Feiern.

Irgendwann versuche ich mich zurückzuziehen – immerhin bin ich am nächsten Morgen für den Ministrantendienst eingeteilt. Doch gegen 22 Uhr reißt meine Zimmertür auf, und Schorsch vom Fanfarenzug steht mit breitem Grinsen da. "Da wird fei it gschlofa, wenn der Alte Geburtstag hat, mein Freund!" Noch bevor ich etwas erwidern kann, tummeln sich vier Jungs an meinem Tischkicker und geben Vollgas. Ok, denke ich, dann spiel ich eben mit – bis plötzlich zehn Leute in meinem Zimmer hocken, verteilt auf Bett, Boden und Kicker, mitten in der Geburtstagsaction.

Dann schaut meine Mama rein: „Na? Haben es die Herren fein mit meinem Bub?" Sie lacht und zwinkert, während Schorsch, ganz in seinem Element, an meine Mutter herantritt. „Du Bärbl," fragt er, „Magsch Deinem Bua net au amol a Bier geba? Sonscht wird aus dem nix."

„Oh Schorsch, doch jetzt noch nicht! Er muss ja morgen ministrieren," erwidert Mama mit einem strengen Blick.

„Ha des isch doch koi Gschäfft! Wer feira ka, der ka au schaffe!" Schorsch lässt nicht locker und kann schließlich eine Radlermass für mich durchsetzen – und das kurz vor Mitternacht.

Die Stimmung ist ausgelassen, und ich versuche, mein Bestes zu geben, während ich innerlich schon auf dem Weg ins Traumland bin.

Bei einem der Jungs, Jürgen, versuche ich mir noch Ratschläge zu holen, wie man richtig Mädels anflirtet. „Oifach draufzua und schwätza! It verstecka – was hasch scho zu verliera? Nix!" Jürgen grinst und schlägt mir auf die Schulter. Es klingt so einfach, und ich kann mir die Szenen schon lebhaft vorstellen: Ich, mutig und charmant, den ersten Schritt machend, während die Mädels um mich herum lachen und sich über meinen Mut freuen.

„Glaub mir, es isch alles a Frage des Selbschtvertrauens," sagt er und nimmt einen Schluck aus seinem Bier. „Du musch oifach du selbscht sei. Und vergiss die ganze Spielchen – die kommet später. Jetzt isch die Zeit, um Spaß zu haben!"

Somit kann ich das Optimum aus dieser Feierlichkeit herausholen: Ein musikalisches Privatkonzert, die erste Mass Bier, eine ausgelassene Party und die Flirtberatung von Jürgen – einfach super! Ich fühle mich wie der König des Abends

Um ca. halb zwei nachts haben die Jungs und Mädels schließlich Erbarmen mit mir und gönnen mir meinen wohlverdienten Schlaf vor dem nächsten Morgen. Es wird ein langer Tag, und ich kann nur hoffen, dass die Radlermass mir die nötige Energie gibt!

Der Wecker klingelt erbarmungslos um 6:30. Kreidebleich und wie gelähmt schleiche ich ins Bad. Leise höre ich Mama aus dem Schlafzimmer rufen: „Frohe Ostern, Andy!" Ich schaue in den Spiegel und denke mir: „Ich kenne dich nicht, aber ich wasche mich trotzdem." Nach dem hastigen Waschgang kämpfe ich mich durch ein paar Haferflocken, die mir noch nicht so richtig schmecken wollen. Mit einem mulmigen Gefühl im Magen schwinge ich mich auf mein Fahrrad und mache mich auf den Weg über die Wilhelmshöhe zur St. Martinskirche. Es ist kühl und die frische Morgenluft tut meinem

Kopf gut – auch wenn ich mir sicher bin, dass der Tag eine echte Herausforderung wird.

In der Sakristei wartet der pensionierte Pfarrer Huber auf mich, der seinen jungen Kollegen das Amt zu den frühen Zeiten gerne abnimmt, als wäre das hier ein Alterstest. Mit ihm habe ich ein generationsübergreifendes Grundsatzproblem. Er mustert mich herablassend, als wolle er sicherstellen, dass ich seinen Erwartungen gerecht werde. „Himmel, wie schaust du aus? Blass wie ein Leichnam, und deine Haare, die solltest du dir schneiden lassen! Schämsch dich nicht?"

Sein Kopf schüttelt im Takt seiner Verachtung, und ich spüre, dass ich heute nicht als Altardiener antreten kann. „Du läufsch zweite Reihe!", erklärt er mir und macht das klarer als ein Verkehrsschild. Um das Ganze zu untermauern, verpasst er mir eine Ohrfeige, die wie ein Schlag ins Gesicht wirkt und meine Entscheidung in Stein meißelt. „Mit 14 ist Schluss als Ministrant", denke ich, während sich die Wut mit einer bitteren Resignation vermischt.

So verrichte ich nach meiner inneren Kündigung meinen letzten Dienst. Auf der einen Seite schwirren die Erinnerungen an das geniale Fest vom Vorabend in meinem Kopf, wo das Lachen und die Musik noch nachhallen. Auf der anderen Seite bleibt die Ohrfeige, ein unwillkommenes Souvenir, das ich mir geschworen habe, nie wieder von einem Fremden unerwidert hinzunehmen.

Nach der Messe schwinge ich mich auf mein Rad und fahre zurück nach Hause. Mama und Papa liegen immer noch im Bett. Na klar, nach der Party nehme ich es ihnen nicht übel. Also schaue ich, was der Fernseher so hergibt, als plötzlich Mama im Wohnzimmer steht. „Andy, wir haben ein Problem, aber erstmal Umarmung und frohe Ostern!" Okay, was für ein Problem?

„Pass auf, ich wollte heute Morgen um drei noch dein Osternest richten, als Schorsch und Jürgen auf die Idee kamen, deine Ostergeschenke zu verstecken – ich weiß wirklich nicht, wo die überall sind." Wir müssen beide lachen, und ich mache mich sofort auf die Suche. Und tatsächlich! Die Jungs haben sich alle Mühe gegeben. Im

Glasschrank entdecke ich Schokoeier in den Schnapsgläsern, und in einigen Blumentöpfen finde ich das ein oder andere Gimmick, das für das Nest bestimmt war. Selbst im Würfelbecher ist ein kleiner Schokohase.

Die Suche wird zum Abenteuer, denn bis etwa ein halbes Jahr später tauchen immer wieder versteckte Dinge auf. Glücklicherweise keine echten Eier – den Gestank hätten wir auch schon früher bemerkt. Es wird klar, dass die Jungs eine kreative Ader hatten, die bis zum letzten Schokoei anhält.

Dann erzähle ich ihr von der Messe, und Mama schüttelt den Kopf. „So ein Depp! Ach Andy, ich glaube, du bist jetzt auch aus dem Ministrantenalter raus. Wir schreiben kommende Woche einen Brief, in dem du dich abmeldest."

Solche Dinge sind für mich in der Jugend nie ein großer Akt. Wenn ich nicht mehr will, dann liegt es an mir, die Dinge zu beenden. Auch Papa ist damit einverstanden. „Beim nächsten Mal hausch zrück!" sagt er lachend, natürlich nicht ernsthaft.

Doch es dauert nicht lange, bis auch er dem Ehrenamt überdrüssig wird. Ein Jahr später spaltet sich der Fanfarenzug in zwei Lager, und seitdem gibt es in Leutkirch den Leutkircher und den Waldburg-Zeil-Fanfarenzug.

Schorsch, der lebhafte Fanfarler, läuft mir tatsächlich noch einmal über den Weg. 30 Jahre später arbeite ich als kaufmännischer Leiter in der Firma in Bad Wurzach, und da steht er plötzlich vor mir – ein Gesicht aus der Vergangenheit, das so viel mit meinen Erinnerungen verbindet. Wer hätte gedacht, dass sich unsere Wege erneut kreuzen würden?

Aus mir selbst wird kein Vereinsmensch. Mannschaftssport? Fehlanzeige! Das bleibt mir einfach verwehrt. Stattdessen finde ich mehr Freude am Krafttraining und verbringe drei Jahre im Schachclub – das ist eher mein Ding. Auch die Versuche Handball, Badminton, DLRG schlagen fehl. Ich bin eher ein Einzelkämpfer, was dazu führt, dass ich mich stattdessen den Hanteln widme.

Und genau dort, in der Welt des Fitnessstudios, treffe ich Menschen, mit denen ich viele spaßige Zeiten verbringe. Das ist meine neue Gemeinschaft. Es ist, als würde sich eine andere Tür öffnen, nachdem die alte zugeschlagen wird – ein Spruch, den ich zum ersten Mal von Mama höre: „Es geht immer eine andere Tür auf, wenn eine zufällt." Und so wird aus jeder Absage eine neue Chance, aus jedem gescheiterten Versuch ein neues Abenteuer.

MUCKIBUDE

Zurück in meine wilde 80er: In der Realschule verschieben sich meine Interessen gewaltig. Die Gitarre, mein einstiger treuer Begleiter, wird plötzlich von Actionfilmen überrollt, die wie eine Überdosis Popcorn in die Kinos strömen und uns Jungs mit Anfang 16 total aus der Bahn werfen. In den 80ern war an Streamen nicht zu denken. Stattdessen galt man schon als moderne Familie, wenn irgendwo im Wohnzimmer ein Videorekorder stand – schwer wie ein Backstein und mindestens so laut. Wer das Glück hatte, irgendwo eine Kopie von einem Stallone- oder Schwarzenegger-Film aufzutreiben, hatte es geschafft. Da gab's kein Rumzappen, sondern pure, konzentrierte Action, und zwar Szene für Szene. Das kleine Kino in Leutkirch mit seinem einen Saal? Das konnte natürlich nicht jeden Tag "Rambo" und "Terminator" laufen lassen. Also waren wir auf diese kleinen grauen Plastikklötze angewiesen.

Und wenn ich heute höre, wie sich jemand über schlechte Bildqualität beschwert, könnte ich lachen. Damals? Uns war es komplett egal, dass das Bild so unscharf war, dass man die Muckis von Arnold fast schon erahnen musste. Selbst wenn bei der 200. Wiedergabe ein paar zarte, weiße Streifen quer durchs Bild liefen und die Farben langsam ins Graugrüne kippten, saßen wir gebannt vorm Röhrenfernseher, als gäbe es nichts Größeres auf der Welt.

Der erste Film, der mir den Rest gibt, ist „Rocky". Nach dieser Vorstellung bin ich überzeugt: Ich werde Boxer. Die Vorstellung, im Ring zu stehen und wie Rocky Balboa gegen die Welt zu kämpfen, ist einfach zu verlockend. Also, wie es sich für einen aufstrebenden Sylvester Stallone gehört, stelle ich meiner Mama meinen neuen Lebensplan vor. Sie schaut mich an, als hätte ich angekündigt, ich wolle als Astronaut auf dem Mars landen – und zwar sofort. „Das habe ich mit Papa schon einmal durch, ein zweites Mal überlebe ich das nicht", erklärt sie, als wäre das Boxen die neueste Pest.

Aber Papa, das alte Schlitzohr, hat eine Alternative parat. „Man braucht nicht unbedingt Boxen, um Muckis zu bekommen", sagt er und führt mich in die fabelhafte Welt der Kurz- und Langhanteln ein. Mit dem Charme eines Rocky Balboa, der gerade seine erste Trainingseinheit in Philadelphia absolviert hat, zeigt er mir, wie man Gewichte stemmt, als wäre er selbst auf einem Motivations-High. Beeindruckt von seinen Bizeps-Künsten lasse ich mich bereitwillig auf das Abenteuer ein.

Zu Weihnachten bekomme ich meine erste 10er-Karte für das einzige Fitnesscenter in der Stadt. Ein Fitnesscenter so 80er, dass man den Schweiß und das Haarspray schon in der Luft riechen kann. Enzos Fitnesscenter: Die Welt ist voller Chrom, Spiegel und Neonlichter, und ich fühle mich wie ein Teil von Sylvester Stallones Trainingsmontage. Am ersten Tag im Fitnesscenter komme ich mir vor wie ein Kind im Süßwarenladen – nur dass es hier statt Zucker nur Stahl und Muskelmasse gibt. Die Geräuschkulisse ist beeindruckend: das Klirren der Hanteln, das Surren der Kabelzugmaschinen und die lauten Schreie der Sportler, die den letzten Rest Kraft aus ihren Muskeln pressen. Ich nehme all meinen Mut zusammen und gehe an die erste Maschine. Der Muskelmann neben mir, der aussieht, als könnte er Bäume ausreißen, nickt mir aufmunternd zu. Der Moment, in dem ich weiß: Hier gehöre ich hin.

Am Morgen nach meinem ersten Probetraining schlurfe ich zum Küchenschrank, fest entschlossen, meine Muskeln mit einer ordentlichen Portion Haferflocken zu stärken. Kaum habe ich die Packung in der Hand, entglitt sie mir auch schon, stürzt im freien Fall zu Boden und verteilt ihren Inhalt in einem Radius, der selbst einen Krater neidisch gemacht hätte. Ich stehe da und starre fassungslos auf das Müsli-Chaos. Muskelkater – bis dahin ein Wort, das eher wie eine ferne Warnung klang – hat mich nun voll erwischt.

Den Rest des Tages wanke ich durch die Gegend wie ein Robotermensch. Ein Armheben wird zur unüberwindbaren Hürde. Meine Bizeps fühlen sich an, als hätten sie beschlossen, in den Streik zu treten. „Wie schwer kann so eine Haferflockenpackung eigentlich sein?", frage ich mich und mustere misstrauisch den unschuldigen Karton auf dem Küchentisch.

„Mama, kannst du mir bitte die Gabel reichen?", flehe ich später beim Mittagessen.

Meine Mutter beobachtet mich mit einer Mischung aus Mitleid und Belustigung. „Na, der kleine Rocky hat wohl ein bisschen übertrieben, was?", neckt sie mich. „Ach was", gebe ich tapfer zurück und versuche, meine Arme zu heben, was eher nach einem angestrengten Zucken aussieht.

Papa amüsiert sich prächtig über meine Misere. „Ein echter Mann muss da durch", verkündet er stolz, während er in aller Ruhe seine Suppe löffelt. „Das geht vorbei. In ein paar Tagen lachst du darüber." Ja, klar, denke ich, in ein paar Tagen werde ich den Muskelkater als ehrenvolle Kriegsverletzung betrachten. Momentan fühlt es sich eher an, als wäre ich von einem Laster überrollt worden.

Am Nachmittag verzweifle ich an so banalen Dingen wie dem Anziehen eines T-Shirts. Das Hochziehen der Arme über den Kopf entpuppt sich als Folterakt. Als ich schließlich mit dem Hemd halb über dem Kopf und halb über den Schultern auf dem Bett sitze, muss ich an Rocky denken und kann mir ein Grinsen nicht verkneifen. Vielleicht bin ich noch nicht bereit, den Ring zu betreten, aber immerhin habe ich meine erste Schlacht im Fitnessstudio überlebt – wenn auch mit schmerzenden Gliedern.

So liege ich also auf meinem Bett, unfähig, meine Arme zu bewegen, und träume davon, eines Tages tatsächlich so stark und fit zu sein wie meine Kinohelden. Aber für den Moment bin ich einfach nur ein schmerzgeplagter Teenager, der sich fragt, ob das mit dem Muskelaufbau wirklich so eine gute Idee gewesen war. „Morgen wird's besser", murmele ich mir selbst zu und schließe die Augen. Ja, morgen werde ich wieder ins Fitnessstudio gehen und weiter an meinem Traum arbeiten. Aber heute... heute überlasse ich das Feld den Haferflocken.

Die 10er-Karte ist schneller aufgebraucht, als ich „Bizeps" sagen kann, und ich kann spüren, wie meine Muskeln unter dem T-Shirt wachsen – na ja, vielleicht nicht ganz so schnell, aber der Glaube daran ist fest verankert. Die Begeisterung für Actionfilme lässt nie nach, und jeder Besuch im Kino motiviert mich nur noch mehr, weiter an meiner Rocky-Figur zu arbeiten. Rückblickend betrachtet ist diese Zeit eine Mischung aus überhöhten Träumen und der harten Realität, dass nicht jeder ein Rocky Balboa sein kann. Aber das Fitnesscenter wird mein zweites Zuhause, und die Begeisterung für den Sport hilft mir, durch die Wirren der Realschulzeit zu navigieren. Es ist eine Zeit voller Schweiß, Ehrgeiz und der Erkenntnis, dass manchmal auch die kleinsten Schritte die größten Veränderungen bringen können.

Der Besitzer des Studios ist gleichzeitig auch mein Trainer. Enzo, ein Mann, dessen Körper so muskulös ist, dass er in engen Shirts wie ein überdimensionierter Kühlschrank wirkt, bringt mir bei, dass nur eiserne Disziplin zum Erfolg führt. Seine Lieblingsweisheit ist „No Pain, No Gain" – eine Philosophie, die uns die Vorstellung vermittelt, dass Schmerz der Preis für Fortschritt ist. Enzo ist fest davon überzeugt, dass dieser Grundsatz uns davor bewahrt, im Leben an Herausforderungen zu zerbrechen, sondern uns stattdessen lehrt, durchzuhalten.

Natürlich ist das nicht immer einfach. Die Trainingseinheiten mit Enzo sind so hart, dass man sie am liebsten als Folter-Session buchen würde. Er lässt uns Hanteln stemmen, die wahrscheinlich für den Transport von überdimensionalen Pizzen gedacht sind, und macht aus der Flachbank ein persönliches Instrument der Pein. Aber es ist eine gute Schule fürs Leben. Wenn du lernen willst, durchzuhalten, musst du einfach mal den eigenen Schweinehund auf den Rasen werfen und ihn ordentlich durchkneten. Und so hilft mir Enzo, die eiserne Disziplin nicht nur in den Fitnessraum, sondern auch in mein tägliches Leben zu übertragen – auch wenn das heißt, dass ich noch heute bei einem besonders herausfordernden Stück Kuchen denke: „No Pain, No Gain!"

Es dauert kein Jahr, da habe ich mich von schmächtigen 68 Kilo bei 1,82 Meter Körpergröße auf beeindruckende 84 Kilo Muskelmasse hochgearbeitet. Mega fühle ich mich, wie ein frisch geschlüpfter Adonis im Kleinformat. Und das Beste daran: Ich bin nicht allein. In dem Fitnessstudio trainieren auch drei Jungs aus meiner Parallelklasse – Schmieder, Scheuerle und Hottle. Warum manche Jungs beim Nachnamen und andere beim Vornamen gerufen werden, bleibt bis heute ein ungelöstes Mysterium, das wohl irgendwo zwischen Pausenhofritualen und Klassenzimmerlogik begraben liegt. Bei Hottle war es jedoch logisch: sein Nachname klingt wie ein Vorname: Frank.

Schmieder heißt mit vollem Namen Andreas Schmieder und ist der Sohn des Direktors einer Bank in Leutkirch. Ein echtes Tier! Als seine Eltern in der Stadt eine Villa bauen, schaufelt er sich im Teenageralter schon die Seele aus dem Leib und schleift Schubkarren den Hang hinauf, als wären sie Plüschtiere. Das verschafft ihm nicht nur einen beeindruckenden Body, sondern auch eine Kraft, die sich sehen lassen kann. Mit seiner schwarzen Lockenmähne sieht er aus wie ein Mini-Rambo. Man fragt sich unwillkürlich, ob er sein Essen mit dem Maschinengewehr zubereitet.

Scheuerle, ebenfalls ein Andreas, ist mein spezieller Kumpel. Was uns besonders verbindet, ist unsere Liebe zu den Beatles. An manchen Todestagen von John Lennon treffen wir uns und lassen bei Kerzenlicht die alten Scheiben durchlaufen. Scheuerle tritt dabei immer in seinem typischen Look auf: viel zu weite Sweater, die irgendwo ein Loch oder einen Flicker haben, und eine Haarmähne, die sich weigert, sich zu bändigen. Obwohl er nie etwas anrührt, wirkt er auf mich manchmal ein wenig wie jemand, der einen Dope genommen hat. Heute ist er ein erfolgreicher Unternehmer, was sicher seiner unerschütterlichen Geduld zu verdanken ist.

Und dann ist da eben noch Hottle, mit vollem Namen Horst Frank. Der beeindruckt mich nicht nur mit seinem monströsen Bizeps, sondern auch mit seiner Leidenschaft für den asiatischen Kampfsport Taekwondo. Ich darf ihn sogar zu einem Wettkampf begleiten, bei dem ich in seiner Ecke stehen soll. Meine Aufgabe: ihn mit meinen lautstarken Motivationsphrasen zu Höchstleistungen anfeuern. Ich brülle Dinge wie: „Zeig dem da drüben, dass er besser einen Zahnkranz als ein Gebiss mit nach Hause nehmen sollte!" Während sein Trainer mich dabei ungläubig ansieht, nimmt Hottle das Ganze cool und lächelnd auf. Leider entwickelt sich der Wettkampf nicht ganz so, wie ich es prophezeit habe. Doch Hottle steht stolz da, und ich bin mir sicher, dass mein Anschreien wenigstens den Ringboden ein wenig aufgewirbelt hat.

Die drei sind genauso begeistert von Stallone, Schwarzenegger und Bruce Lee wie ich. Wir schuften gemeinsam an den Geräten, tauschen Trainingstipps aus und diskutieren über die besten Proteinshakes. Es fühlt sich an wie eine geheime Bruderschaft, in der wir uns gegenseitig anfeuern und unsere Erfolge feiern. Doch dann hat Hottle die glorreiche Idee, mir einen Spitznamen zu verpassen. Und nicht irgendeinen, sondern „Der mächtige Rülps".

Warum? Nun, weil niemand meinen Nachnamen „Ruepp" richtig aussprechen kann. Stattdessen wird aus dem „Rüpp" ein „Rülps". Dabei werden das „u" und das „e" in meinem Namen eigentlich einzeln ausgesprochen. Aber das ist den Jungs herzlich egal. Sie finden es wahnsinnig komisch, mich mit einem Spitznamen zu versehen, der so gar nichts Heldentaugliches hat. Und so laufe ich ab sofort als „Der mächtige Rülps" durch die Gegend.

Anfangs versuche ich, den Spitznamen zu ignorieren. Ich lache mit und tue so, als würde es mich nicht stören. Aber je mehr ich versuche, ihn abzuschütteln, desto hartnäckiger haftet er an mir. „Hey, Rülps, komm mal her!" hallt es durch das Studio, wenn ich mal wieder eine Runde zu viel an der Beinpresse verbracht habe. „Rülps, mach mal den Arnold nach!" wird zur Standardaufforderung, wenn wir nach dem Training noch eine Runde quatschen.

Trotz allem ist es eine großartige Zeit. Die Jungs aus dem Studio werden zu guten Freunden, und wir haben jede Menge Spaß – auch wenn mein Spitzname mich regelmäßig in den Wahnsinn treibt. Rückblickend ist „Der mächtige Rülps" vielleicht gar nicht so schlimm. Schließlich macht er mich zu einem unverwechselbaren Teil unserer Clique und sorgt für jede Menge Lacher. Und wer weiß, vielleicht ist es genau dieser Name, der mir hilft, mit einer gesunden Portion Selbstironie durchs Leben zu gehen.

So pumpe ich weiterhin fleißig Eisen, sehe Stallone und Schwarzenegger als meine Vorbilder und akzeptiere, dass ich nun mal „Der mächtige Rülps" bin. Manchmal ist es eben das Unperfekte, das einen unverwechselbar macht. Auch wenn ich heute über den Namen schmunzeln kann, werde ich die Lektion nie vergessen: Es kommt nicht darauf an, wie andere dich nennen, sondern wie du dich selbst siehst.

Bald haben wir einen Namen für unsere Truppe: Cool and the Gang. Schmieder ist eindeutig Cool, wir anderen sind die Gang. Schmieder, der genauso wie ich Andreas heißt, ist ein Naturtalent. Er zieht sich mit einem Arm hoch und ist der erste in unserer Runde, der die 100 Kilo im Bankdrücken knackt. Das Beste an unserer Gang ist jedoch: Wir sind nie auf Krawall aus. Für uns ist Bodybuilding ein Sport, keine Machtdemonstration. Muskelshirts? Fehlanzeige. Wir verstecken unsere Muskeln lieber unter weiten Sweatern.

Dieses versteckte Talent sollte sich für mich bei einer Gymi-Party besonders auszahlen. Da gibt es plötzlich eine „Man of the School"-Wahl. Fünf Kandidaten werden Fragen gestellt und in Szenarien geworfen, aus denen man sich wortgewandt herauswinden muss. Ohne mich zu fragen, wurde ich von einer der Organisatorinnen einfach auf die Bühne gezerrt. Für mich, die Rampensau, ein gefundenes Fressen. Dann kommt die Gesangseinlage für eine imaginäre Angebetete. Ich wähle „Help" von den Beatles in einer Balladenversion von John Farnham: brachialer Beifall.

Doch dann das Finale: Oberkörperfrei und Muckis zeigen. Eine Peinlichkeit sondergleichen, denke ich. Kaum habe ich mein Oberteil ausgezogen, weicht ein drei Sekunden anhaltendes Schockschweigen dem Jubel und Geschrei der Mädels. Keiner hat erwartet, was da unter dem weiten Sweater zum Vorschein kommt. Sieg! Ich habe die Wahl gewonnen. Ab sofort ist es in Leutkirch kein Geheimnis mehr, dass Andy ordentlich Muckis hat.

Was für ein Triumph: „Man of the School" zu werden, an einem Gymnasium, das ich ein Jahr zuvor verlassen musste. Wie cool ist das denn? Das ist wie ein unverhoffter Sieg im Endkampf eines Spiels, das man längst als verloren geglaubt hatte. Ich stehe natürlich in der folgenden Nacht im Bett vor Stolz.

Die Sportunterrichtsstunden mit unserer Parallelklasse sind stets ein echtes Highlight. Unser Sportlehrer, der unsere Gang besonders schätzt, macht aus jeder Stunde eine Mischung aus Fitness-Challenge und Showeinlage. Während die anderen brav Fußball kicken, finden wir uns regelmäßig im Kraftraum wieder, wo der Lehrer uns mit seinen einarmigen Kraftakten staunen lässt. Es ist ein beeindruckendes Schauspiel, wie er locker einarmig 60 Kilo reißt, als wäre es ein Handtuch.

Natürlich wollen wir uns da nicht lumpen lassen. Unsere Flachbank-Session sorgt ebenfalls für offene Münder und staunende

Blicke. Unser gemeinsames Training wird schnell zum Geheimtipp unter den Schülern. Besonders lustig ist es, wenn wir das Aufwärmen leiten. Die anderen Klassenkameraden blicken uns oft mit einer Mischung aus Bewunderung und Verzweiflung entgegen, während sie am nächsten Tag von Muskelkater geplagt werden, der sich wie der liebe Gott höchstpersönlich an ihren Muskeln vergriffen hat.

Bernd, ein treuer Kamerad, fragt mich einmal verzweifelt: „Kannst du es nicht mal ruhiger angehen? Mein Bauch brennt so sehr, dass ich das Gefühl habe, ein Feuerlöscher wäre eine angenehme Alternative." Ich nicke ihm beruhigend zu und versuche, ihm die Vorzüge von Muskelkater und Körperstabilisierung zu erklären – als ob ich der neue Guru des Fitness-Kults wäre.

Trotzdem zeigt sich, dass unsere sportlichen Eskapaden nicht nur unseren Körper, sondern auch unseren Charakter formen. Diese Fähigkeit, auch durch den Schmerz hindurchzugehen, wird zu einer Art Lebenslektion für mich. Es ist, als ob das harte Training uns nicht nur physisch, sondern auch mental auf die Probe stellt. Diese Disziplin, das Weiterkämpfen trotz der quälenden Schmerzen, hilft mir, so manchen inneren Kampf im Leben zu gewinnen. Und so trage ich mit Stolz nicht nur den Titel „Der mächtige Rülps", sondern auch das Wissen, dass echte Stärke von innen kommt — und manchmal auch von außen, wenn man es sich im Kraftraum ordentlich gibt.

DER KÖNIG GEHT BADEN

Es gibt viele Anekdoten unserer Gang, nicht nur die Reise an den Lago Maggiore mit dem alten Opel von Scheuerles Vater, dessen Zündschloss mit einem Schraubenzieher bedient werden musste und bei dem wir stringent das Tempo 100 einhielten, um das Urlaubsbudget nicht durch unnötige Benzinkosten zu sprengen. Unvergesslich unsere Hauptnahrung: „Reis mit Scheiß", dafür Lambrusco aus 1,5-Liter-Flaschen und jede Nacht ca. 40-50 unterhaltene Campingnachbarn auf dem Seesteg, während ich Gitarre spielte.

Diese Geschichte ist jedoch einzigartig:

Scheuerle wird 18. Ein besonderer Geburtstag, der gebührend gefeiert werden muss. Der große Vorteil ist, dass er im Sommer Geburtstag hat – so ist klar, dass die Location der nahegelegene Ellerazhofer Weiher sein soll, auf dem wir unsere Campingzelte aufschlagen.

Nur ist die Frage: wie? Schmieder, Hottle und zwei weitere Jungs der wachsenden Clique,

Butschi und Sebastian, haben einen Plan, in den wir die Mama von Scheuerle einweihen. Wir besorgen einen alten Pelzmantel (statt Hermelin) und eine Krone, ich verkleide mich als Hofnarr und Hottle, der diese Idee nicht sehr erbauend findet, muss als Mundschenk herhalten.

„Warum muss ich der Mundschenk sein?" murrt Hottle.

„Weil du der Einzige bist, der das Bier nicht schon auf dem Weg austrinkt", antwortet Schmieder grinsend.

Schmieder bereitet seinen Mitsubishi Jeep vor und schafft auf die Rampe einen Thron, auf den wir Scheuerle setzen. Dann geht es mit dem offenen Gefährt los: eine Runde durch die Innenstadt mit meinen Hofnarr-Lobgesängen zum König Scheuerle auf dem Thron.

„Oh König Scheuerle, der Weiseste und Stärkste von allen, wo möchtet Ihr als Nächstes hinfahren?" rufe ich und verbeuge mich tief.

„Zum Eiscafé! Ich brauche ein Eis für meine Untertanen!" antwortet Scheuerle lachend.

Was für ein Glück, dass damals keine Polizei dem Treiben ein jähes Ende, nebst Führerscheinentzug, machte, während Schmieder fuhr. Die Menschen am Eiscafé, die draußen saßen, sind sehr amüsiert und Scheuerle ruft freudestrahlend: „Ich werde heute 18!"

„Alles Gute!" rufen viele zurück und klatschen.

Dann geht es zum Weiher. Scheuerle nutzt die Situation schamlos aus und lässt sich von Hottle permanent eine Halbe nach der anderen bringen, indem er ruft: „Mundschenk, wo isch mein Bier?"

„Hier, Majestät, noch ein Bier für den mächtigen König!" sagt Hottle und überreicht ihm die Flasche mit einem übertriebenen Diener.

Doch Scheuerle weiß nicht, welches jähe Ende diese feierliche Nacht für ihn nehmen wird. Denn um Punkt 0:00 Uhr ist der Geburtstag vorbei – und somit auch die Ära des Königs: Wir packen zu viert, nachdem sich ein weiterer Helfer dazu gefunden hat, unter schallendem Lachen aller Gäste, den König mitsamt allem, was er anhatte, und schmeißen ihn vom Steg mitsamt „Hermelin" und Krone, sich kräftig wehrend, ins kalte Wasser.

„Ihr Verräter! Ich verfluche euch alle!" schreit Scheuerle, während er platscht.

„Majestät, Ihr seid jetzt offiziell abgesetzt!" ruft Schmieder und lacht.

Seine Mama war eingeweiht und hat uns eine Tüte mit trockener Wäsche mitgegeben. Somit ist Scheuerle schnell versöhnt und kann sich über diese einmalige Aktion einfach nicht mehr vor Lachen einkriegen wie wir alle.

„Das war der beste Geburtstag überhaupt!" sagt er später, eingewickelt in ein Handtuch. „Aber wartet nur, wenn ihr 18 werdet!"

Es gibt noch eine ganze Reihe Geschichten, die wir miteinander erleben. Geschichten, bei denen ich manchmal dachte: „Passiert das hier gerade wirklich?" Aber ja, das tat es. Und das Beste daran ist, dass ich mich in dieser Clique richtig wohlfühle. Wir sind ja nicht nur zu viert, sondern gehören zu einer Gruppe, die locker zehn bis zwanzig Leute umfasst. Das war zu dieser Zeit sowieso typisch: Diese riesigen Cliquen, in denen jeder irgendwie mit jedem verbandelt ist. Und ich, ich habe das unglaubliche Glück, gleich in zwei solcher Gruppen unterwegs zu sein.

Das bedeutet, dass mein Wochenende immer ziemlich genau verplant ist. Keine Lücken, keine Langeweile. Nur Freitag, Samstag und manchmal auch Sonntag vollgestopft mit den unterschiedlichsten Aktivitäten. Wir feiern, als gäbe es kein Morgen, lachen, bis uns die Bäuche wehtun, und manchmal weinen wir auch, meistens aus Gründen, die am nächsten Tag nur noch halb so dramatisch scheinen.

Aber vor allem passen wir aufeinander auf. Wir respektieren uns. Und ich rede hier nicht von so einem aufgesetzten „Du bist mein bester Freund für immer"-Respekt, sondern von einem echten, tiefen Verständnis füreinander. Es ist, als hätten wir alle heimlich einen unausgesprochenen Vertrag unterschrieben, dass wir uns gegenseitig durch diese verrückte Zeit helfen. Und das ist doch am Ende das, worauf es ankommt, oder? In einer Welt, die sich ständig verändert, braucht man diese eine Gruppe von Menschen, die einen so akzeptiert, wie man ist – selbst wenn man zufällig „Der mächtige Rülps" ist.

Insbesondere mit Sebastian, der in diesem Kapitel wie eine Randfigur wirkt, verbindet mich eine ganz besondere Erfahrung, die uns keiner nehmen kann. Aber die hebe ich mir lieber für das große Finale auf.

„Mein Sohn ist kein Wurm!" hatte es durch den Flur des Alten Spitals geknallt, direkt aus dem Mund meines Vaters, während er mich – noch frisch, rot und verschmiert von der Geburt – fest im Arm hielt. Das Echo seiner Worte prallte von den steril weißen Wänden ab, und der ältere Herr, der eben noch mit einem freundlichen Lächeln „Das ist aber ein süßes Würmchen" gesagt hatte, schaute verblüfft auf.

Das ist bereits seit fast 17 Jahren Geschichte, diese „Wurm"-Episode, aber der Winter 85/86 bleibt mir besonders in Erinnerung. Nicht nur, weil er klirrend kalt ist und wir eine ordentliche Menge Schnee abbekommen, sondern auch wegen der zwei Meter hohen Schneewände, die sich links und rechts der Straßen von Leutkirch auftürmen. Die Räumfahrzeuge haben ganze Arbeit geleistet, sehr zur Freude der Väter, die fluchend mit ihren Schaufeln die Einfahrten freischippen müssen. Eine allgegenwärtige Szene, auch bei uns zu Hause, während die Kälte einem bis in die Knochen kriecht. Natürlich helfe ich dabei, für mich ist das mit einem sportlichen Anreiz verbunden.

Der viele Schnee erleichtert mir nicht gerade meinen Nebenjob als Austräger fürs Wochenblatt, mit dem ich mein Taschengeld aufbessere, um am Wochenende mit meinen Freunden das Geld in der Leutkircher Innenstadt zu verprassen. Der schwere, nasse Schnee macht jede Runde zu einer echten Herausforderung. Ich stapfe durch die zugeschneiten Gassen, meine Schuhe längst durchweicht, und versuche, das Zeitungsbündel irgendwie trocken zu halten. Doch die Aussicht auf ein paar Mark mehr in der Tasche treibt mich an – schließlich will ich mir am Samstag wieder ein paar Runden im „Drops" oder in der „Traube" gönnen, bevor wir irgendwo in die Nacht abtauchen.

Es ist Winter, der Schnee türmt sich vor den Häusern, und meine Eltern verkünden mir plötzlich, dass sie übers verlangerte Wochenende wegfahren.

Die Doppelhaushälfte gehört mir. Allein. Fünf Tage.

Ich nicke ernst, als sie mir das sagen, so als würde ich die Schwere der Verantwortung spüren, die damit auf mich zukommt. Schlüssel hüten, Pflanzen gießen – klar, ich schaff das. Dass das Ganze eigentlich ein Hauptgewinn für einen 16-Jährigen ist, dämmert mir erst später, als die Tür hinter ihnen zufällt.

Donnerstag ist Ausgehtag! Ein Gesetz, das uns zusammenschweißt. Immer treffe ich mich mit meiner Clique in der Traube, diesem versteckten Juwel, das hinter einem schmalen Treppenaufgang in einem alten Leutkircher Stadthaus direkt am Marktplatz liegt. Die Musik dröhnt, das Licht blitzt in bunten Farben über die tanzende Menge.

Es ist die Zeit der Tanzkränzchen. Klar, ich mache auch mit. Seit Herbst dreht sich alles um den Discofox. Wir probieren jede Figur aus, die wir im Kopf haben, und stürzen uns ins Getümmel. Manchmal bleibt die Welt draußen stehen, und wir vergessen alles, während wir im Takt der Musik weitertanzen.

Die Schweißperlen laufen uns die Stirn hinunter, wir lachen und flüstern uns Geheimnisse zu. Es gehört einfach dazu, wie der Cola-Woiza – ein Mix aus Hefeweizen und Cola, der uns den nötigen Schwung gibt, um bis tief in die Nacht weiterzutanzen. Der Raum um uns wird zur Bühne unserer Jugend, voller Energie und unbeschwerter Freiheit.

Diese Clique formt sich für mich am Bolzplatz in der Repsweihersiedlung. Hier lerne ich Achim kennen, den wir alle nur „Fuzzi“ nennen. Er ist in meinem Alter, geht aufs Gymnasium und bringt gleich eine ganze Truppe von Gleichaltrigen mit, die sich plötzlich auch in meinem Bekanntenkreis tummeln. Auch Axel ist am Start – ein echter Kumpel, und zusammen sind wir ein toller Haufen.

Es gibt noch ein paar Jungs, die schon ihren Führerschein haben, was uns die Freiheit gibt, an den Wochenenden über die Stadtgrenzen hinaus abzutauchen und die Nacht zum Tag zu machen. In unserer Clique gilt ein einfaches Gesetz: Wer fährt, trinkt nicht. Punkt. Und das wird auch streng eingehalten. Hier gibt es keine testosterongeladenen Rennen oder Beweisfahrten. Wir sind verantwortlich füreinander, passen auf, dass alle sicher sind. Das sorgt für ein ganz besonderes Vertrauen, das uns in unserer Gemeinschaft zusammenhält. Es ist diese Art von Zusammenhalt, die man nur in einer Clique erlebt – und sie fühlt sich gut an.

Es ist Winter, ich habe „Sturmfrei" an diesem Donnerstagabend. Ausgehzeit ist um 21:00 Uhr, und wenn man rechtzeitig kommt, ergattert man normalerweise den Rundtisch in der Nähe der Tanzfläche. Doch an diesem Abend sieht es mau aus mit den Mädels in unserer Clique. Nur Susanne, Anja und Doris sind da, und zu unserem Bedauern machen die drei sich schon vor Mitternacht vom Acker.

Mike schaut betrübt in die Runde. „Was machen wir jetzt? Hat irgendjemand eine Idee?"

„Mir könntet noch ins Old Pup!" sagt Fuzzi, der mit seiner Energie immer für einen Vorschlag zu haben ist.

Da sage ich, völlig unüberlegt: „Mir egal, muss morgen eh nicht früh raus. Sind ja Ferien, und meine Eltern sind weg!"

Plötzlich wird es still am Tisch. Mikes Augen weiten sich. „Sturmfrei? Im Ernst? Warum hast du das nicht gleich gesagt? Ja dann ist doch klar, was läuft: ab zu Andy! Ist das ok?"

Ich denke nicht lange nach und sage einfach „Ok".

Es ist diese Mischung aus Nervenkitzel und Vorfreude, die mich packt. Was wird der Abend bringen?

Wir verteilen uns auf zwei Autos: Mike und Frank übernehmen das Fahren. Die erste Anlaufstelle ist der JET – die Tankstelle für Nachteulen, die noch ihren „Stoff" brauchen. Wir stürzen uns in den Kiosk und kaufen drei Kästen Bier. Besonders günstig ist damals das Hirschbräu: 8 DM der Kasten (ohne Pfand). Das müsste für den Abend reichen, denke ich.

Draußen knirscht der Schnee unter unseren Füßen, während wir die Kisten ins Auto laden. Dann geht's auf der schneebedeckten Wangener Straße direkt Richtung Repsweihersiedlung, zu unserem Haus. Die Vorfreude brodelt in mir, als wir durch die winterliche Nacht sausen. Es ist diese Mischung aus Aufregung und dem Gefühl, dass uns die Freiheit gehört, die den Abend perfekt macht.

Als wir die Wohnung betreten, zieht es uns sofort in mein Zimmer. Den Jungs fallen sofort zwei Dinge ins Auge: die Boxhandschuhe meines Vaters, die an der Wand hängen und buchstäblich an den Nagel gehängt sind, sowie die drei Gitarren, die am selbstgezimmerten Gitarrenständer prangen.

„Spielst du etwa?" fragt Frank neugierig.

„Ja, ein bisschen."

„Und boxen tust du auch noch?" ergänzt Mike schmunzelnd.

„Nein, mein Vater hat geboxt. Die hängen da nur zur Zierde." Tatsächlich weiß noch niemand aus der Clique, dass ich Gitarre spiele und singe. Bis zu diesem Zeitpunkt bin ich eher das „Anhängsel" von Fuzzi in der Gruppe – absolut akzeptiert, aber ich spüre, dass mir noch etwas fehlt, um richtig dazuzugehören.

„Spiel mal was vor!" fordert Benni, einer der Jungs, mit einem erwartungsvollen Blick. Ich zögere nicht lange und greife zur Gitarre, beginne mit dem Fingerpicking von „The Boxer" von Simon & Garfunkel. Als die Melodie erklingt, weiten sich ihre Augen.

„Sag mal, du steckst heute Abend voller Überraschungen! Erst sturmfreie Bude und jetzt entpuppt sich unser Andy als Musiker! Hey Junge, du musst unbedingt deine Gitarre mit auf Partys nehmen, das ist ja mega!" Mike ist Feuer und Flamme.

Die Worte machen mir Mut. Vielleicht bin ich doch mehr als nur das Anhängsel – vielleicht kann ich endlich meinen Platz in dieser Clique finden.

Dann kommen die Boxhandschuhe zum Einsatz. Im Wohnzimmer bauen wir einen Ring auf, schieben den Tisch zur Seite und legen die Videokassette von *Rocky I* in den Rekorder ein. Es wird Zeit fürs Sparring – aber nur mit einer Hand. Einer zieht den rechten Handschuh an, der andere den linken, und schon geht's los. Wir lachen und provozieren uns gegenseitig, während wir in den improvisierten Ring steigen. Es fühlt sich an wie ein verrücktes Ritual, das uns zusammenschweißt.

Später rocke ich mit der Gitarre richtig los. Die Akkorde füllen den Raum, und ich kann spüren, wie die Jungs immer mehr in Stimmung kommen. Es wird kurz nach fünf, als die Jungs sich auf den Heimweg machen.

Mike lässt sich beim Gehen zurückfallen, gibt mir seine Hand und grinst mich an. „Andy, das war ein genialer Abend! Ich freue mich echt, so viel mehr von dir kennengelernt zu haben! Die Gitarre ist ab jetzt gesetzt auf unseren Partys – die bringst du mit aufs Wenger Eck, wenn wir in zwei Wochen zusammen das Wochenende verbringen.“

„Aber klar doch,“ sage ich und lächle zurück.

In diesem Moment fühle ich mich nicht nur als Teil der Clique, sondern als ein unverzichtbarer Bestandteil.

Das Wenger Eck liegt etwa 25 Kilometer südöstlich von Leutkirch, auf gerade mal 1.000 Metern Höhe, und ist die Alpe vor dem Schwarzen Grad, dem höchsten Aussichtspunkt im württembergischen Allgäu. Zu dieser Zeit war die Hütte im Winter von der TSG gepachtet, unserem Sportverein. Man konnte sich die Hütte für Feierlichkeiten mieten, vorausgesetzt, man war Mitglied und hatte etwas Glück. Wer uns die Hütte gemietet hat, weiß ich nicht mehr. Ich weiß nur, dass wir etwa 20 Personen sein müssen — zwei Drittel aus unserer Clique und der Rest bekannt aus dem Sportverein.

Bevor die Party richtig losgeht, fahren wir am frühen Nachmittag vom Eschachtal aus los, bepackt mit Schlafsack, Gitarre, Getränken und allem, was wir für ein unvergessliches Wochenende brauchen. Der etwa drei Kilometer lange Aufstieg zur Alm wird zur schweißtreibenden Herausforderung. Der Schnee ist so hoch, dass wir uns durchkämpfen müssen, und ich spüre, wie die Kälte durch meine Klamotten dringt.

Schließlich kommen wir durchgeschwitzt und klitschnass oben an und werfen unsere Klamotten über den Kachelofen, der bereits für eine wohlige Wärme in der Hütte sorgt. Der Duft von Holzrauch und frischer Kälte erfüllt den Raum, während wir uns umschauen und die Vorfreude auf die bevorstehenden Feierlichkeiten in der Luft liegt. Das wird ein

Wochenende, an das wir uns lange erinnern werden.

Und dann kommt meine Stunde. „Pack aus!" ruft Mike und ich ziehe zur Überraschung vieler meine Gitarre aus der Travelling-Bag. Die Saiten glänzen im warmen Licht des Kachelofens, und als ich die ersten Töne anschlage, sind alle sofort begeistert. Es dauert nicht lange, bis die ersten Stimmen mit einstimmen, wir singen und lachen, und die Hütte füllt sich mit dieser besonderen Energie, die nur durch Musik entsteht.

Als ich dann „Alle meine Entchen" in zehn verschiedenen Versionen spiele – inklusive Stimmimitationen von Udo Lindenberg und Grönemeyer – sind alle geflasht. Ich merke, wie die Stimmung steigt, die Gesichter leuchten, und sogar die schüchternsten unter uns beginnen, mitzulachen und mitzusingen.

Plötzlich kommt Hubert, der auch zur Clique gehört und in einer Blaskapelle Trompete spielt, auf eine Idee. „Du kommst mit beim Christbaumloben!" sagt er mit einem Grinsen im Gesicht. Klaus, sein Kompagnon, nickt zustimmend und sieht mich erwartungsvoll an.

Ich weiß nicht genau, was das bedeutet, aber die Begeisterung in ihren Augen ist ansteckend. „Klar, warum nicht?", antworte ich und kann mir nicht helfen, als ich in die Gesichter der anderen schaue und die Vorfreude in der Luft spüre.

„Christbaumloben" – das ist eine dieser „Traditionen" im Allgäu, die sich im Laufe der Jahre zu einem echten Highlight entwickelt hat. Nach dem 2. Weihnachtsfeiertag zieht man los, besucht Bekannte und Freunde und lobt die Christbäume in übertriebenen, schillernden Worten. Egal, ob der Baum schief hängt, die Lichter flackern oder die Kugeln nicht zusammenpassen – alles wird in den höchsten Tönen gelobt. „Was für eine Pracht! Was für ein Lichtspiel! Ein Meisterwerk der Weihnachtskunst!", Oder einfach „Mei isch der Baum schee, so scheeee!"

Die Kunst liegt darin, den Baum bis zur höchsten Übertreibung zu loben, und das mit so viel Enthusiasmus, dass selbst die skeptischsten Baum-Besitzer anfangen, zu strahlen. Zum Dank der lobenden Worte gibt es für jeden „Lober" einen Schnaps. Ein kleiner Schluck, der die Kehle wärmt und die Stimmung weiter anheizt.

Ich kann mir lebhaft vorstellen, wie wir durch die verschneiten Straßen ziehen, die Stimmen fröhlich im Winterluft tanzen, während der kalte Wind unsere Gesichter umspielt. Das Christbaumloben wird zu einer Art Wettstreit: Wer hat die beste Lobhudelei? Wer kann die absurdesten Komplimente ausdenken? Und vor allem: Wer kann am meisten Schnaps trinken, ohne umzufallen? Es klingt nach einem heiteren Durcheinander, das den Winterabend zum Leuchten bringt und uns noch näher zusammenbringt.

Wir haben diesen Brauch perfektioniert. Es reicht nicht mehr, nur den Baum zu loben – wir bringen auch ein Weihnachtsständchen. Zuerst schmettern wir den Klassiker „Stille Nacht" mit einer Inbrunst, die den ein oder anderen von der Couch hebt. Dann folgt die Rockversion von „Ihr Kinderlein kommet" – mit viel zu viel Leidenschaft und schiefen Tönen, aber das interessiert uns nicht. Wir singen, als wäre die gesamte Nachbarschaft unser Publikum.

Und als krönenden Abschluss darf „Oh Tannenbaum" nicht fehlen. Da wird der Baum in der Mitte des Wohnzimmers zum Mittelpunkt unserer Lobpreisung. Während wir singen, sehen wir die Gesichter unserer Zuhörer – ein Gemisch aus Verwunderung und Freude. Manchmal kichert einer, während der andere mit einem Glas Schnaps in der Hand mitwippt. Es ist ein fröhliches Durcheinander, und die Melodien vermischen sich mit dem Duft von Plätzchen und Tannenzweigen.

Abgemacht! Im Hüttenzaubertrubel auf dem Wenger Eck wird der Entschluss besiegelt.

Nach dem 2. Weihnachtsfeiertag ist es dann soweit. Wir treffen uns am frühen Nachmittag zuerst zu fünft bei mir zu Hause. Meine Eltern ahnen schon, was auf sie zukommt, als wir das erste Ständchen anstimmen. „Stille Nacht" schallt durch die Räume und ich sehe das Lächeln in den Gesichtern meiner Eltern. Das ist unser Auftakt, das erste Glied in einer langen Kette von Besuchen, die uns von Haushalt zu Haushalt führen.

Jeder Besuch zieht einen kleinen „Schneeballeffekt" nach sich, wie eine Lawine werden wir immer mehr. Die Clique zieht von Tür zu Tür, und wie von einem unsichtbaren Band gezogen, gesellen sich Nachbarn und Freunde zu uns. Irgendwann stehen wir mit über 15 Personen in einem Wohnzimmer, und die Schnäpse werden aus den Schränken geholt. „Wer den Baum hat, der wird gelobt!", rufen wir, und das Echo unserer Stimmen wird von den Wänden der vertrauten, aber auch fremden Wohnungen zurückgeworfen.

Wenn irgendwo ein Tannenbaum mit blinkenden Lichtern in einem Garten strahlt, können wir uns nicht zurückhalten. Wir singen so lange und so laut, bis die Terrassenlichter angehen und uns wildfremde Leutkircher lachend Schnäpse anbieten. Die Gesichter der Menschen sind amüsiert und gleichzeitig verwundert, und es ist, als ob die Weihnachtszeit uns alle miteinander verbindet.

Unsere Endstation ist bei Anja, einem Mädchen aus der Clique, die in der Memmingerstraße bei ihren Eltern wohnt. Dort angekommen, wird die Feierlaune richtig entfacht. Anjas Eltern sind wahre „Schnappsgourmets" – frische Brände aus dem Schwarzwald stehen bereit, und einige von ihnen haben es in sich. Mit einem Schuss von 70% Fassstärke fordern sie uns heraus, und wir nehmen an. Hier ist Endstation – das ist uns allen klar.

Nach dem letzten Schluck sind Fuzzi, Axel und ich überzeugt: Zeit zu gehen! Draußen empfängt uns die frische Luft, und die Mischung aus Sauerstoff und den vielen Schnäpsen zeigt schnell ihre Wirkung. Plötzlich lässt sich Fuzzi in den Schnee fallen. „Ganget weiter, i schlaf mi hier aus!"

Axel und ich müssen schallend lachen, doch wir wissen, dass niemand nach dieser Christbaum-Schlacht zurückgelassen wird. Also packen wir ihn uns und schleppen ihn den kleinen Buckel zur Repsweihersiedlung hoch. Als wir uns schließlich trennen, biegt Axel links ab zur Pfingstweide. „Schaffst du es bis nach Hause alleine mit ihm?"

„Klar! Fuzzi oder?"

„Klaroooo, flohe Weihnachten!…", lallt Fuzzi, als die Bewegung und der Sauerstoff ihn wieder zu neuer Kraft verholfen haben. Arm in Arm bringe ich ihn zu seinem Haus. Zufrieden und mit einem breiten Grinsen falle ich danach ins Bett.

Am nächsten Morgen allerdings bereue ich es ein wenig, als ich mich im Bad übergebe. Zum Glück bekommen meine Eltern nichts davon mit; sie sind um diese Zeit schon zum Einkaufen gefahren. In den Folgejahren werden wir vernünftiger. Statt Schnaps in jedem zweiten Haus gibt es dann nur noch Sekt-Orange.

Ob man heute noch auf diese Weise den Christbaum im Allgäu lobt, ist mir nicht bekannt. Doch diese Erlebnisse haben uns noch enger zusammengeschweißt und uns zu der Clique gemacht, die wir sind.

Ich war mir manchmal nicht ganz klar darüber, ob meine ständige Begleiterin, die Gitarre, ein Fluch oder ein Segen war. Während ich im Raum für Stimmung sorgte, hatten alle anderen Zeit, sich dem anderen Geschlecht zu nähern. Die ganze Clique tanzte, lachte und flirtete, während ich mit meinem musikalischen Talent den Abend begleitete. So wurde ich zum echten Spätzünder, was meine erste Freundin anging.

Das sollte sich jedoch im Frühjahr 1986 ändern…

BERLIN, BERLIN

Der krönende Abschluss unserer Realschulzeit sollte die Studienfahrt nach Berlin werden. Westberlin, versteht sich. 1986, die Mauer steht noch fest und teilt die Stadt in zwei Hälften, als wäre das völlig normal. Eine Woche lang Großstadtluft ohne elterliche Aufsicht, was für uns nichts weniger als das Abenteuer unseres Lebens bedeutet. Für uns Kleinstadtteenager, die sonst ihre Wochenenden in der Nachbarschaft oder bestenfalls an eintägigen Schulausflügen in München oder Stuttgart verbringen, ist das natürlich ein absoluter Höhepunkt.

Die Natur, die Berge, all diese Wanderungen — das hat uns damals herzlich wenig interessiert. Heute, mit der Weisheit des Alters und ein bisschen mehr Lebenserfahrung, würde ich das anders sehen. Aber damals war Berlin, mit all seinen Lichtern, Geräuschen und Menschen, das verheißungsvolle Ziel, das unsere Sehnsucht nach dem Großen und Unbekannten weckte. Ja, die Zeiten ändern sich, und unsere Perspektiven gleich mit. Aber damals, da war Berlin für uns das Versprechen von Freiheit und Abenteuer in einer geteilten Welt.

Wir waren ein bunt gemischter Haufen aus unserer Klasse und der Parallelklasse – eine wilde Mischung, in der jeder Charakter vertreten war. Von den Strebern, die selbst auf einer Klassenfahrt über ihre Bücher brüteten, bis zu den Witzbolden, die kein Fettnäpfchen ausließen und deren Lebensziel es schien, sich selbst und andere ständig zu blamieren. Untergebracht waren wir in einer Art Jugendherberge, und wir durften uns zu fünft ein Zimmer teilen – natürlich nur mit gleichgeschlechtlichen Mitschülern. Die Zimmeraufteilung war eine Herausforderung für sich, immerhin wollte man sich ja nicht mit einem, der im Schlaf redet, oder einem notorischen Frühaufsteher herumschlagen.

Unsere Unterkunft, eine feine Jugendherberge, liegt perfekt in Charlottenburg, mitten im Herzen von Westberlin, als wäre das alles haargenau so geplant gewesen. Der Startschuss für unsere Reise fällt auf den 21. April – fünf Tage vor dem Tschernobyl-Unglück, das die Welt erschüttern sollte. Doch von alldem ahnen wir nichts, wir sind viel zu sehr damit beschäftigt, die Großstadt auf uns wirken zu lassen und unsere Freiheit zu genießen. Und für mich sollte diese Woche besonders schicksalhaft werden. Nicht, dass ich das auch nur im Entferntesten vorhersehe. Aber wenn ich jetzt zurückblicke, sehe ich, dass diese Tage in Berlin für mich vieles verändern sollten.

Naiv und voller Vorfreude steige ich in den Bus Richtung Berlin. Die Ereignisse, die Begegnungen, die Einsichten – all das wird erst noch kommen. Aber an diesem Tag der Abfahrt bin ich einfach nur ein Kleinstadtjunge, der die große, unbekannte Welt vor sich hat.

Nach endlosen Stunden auf der Transitstrecke kommen wir endlich in Westberlin an. Das Erste, was uns auffällt, ist der verhältnismäßig viele Dreck in den Straßen, im Vergleich zu unserer Kleinstadtidylle. Allein diese ersten Eindrücke lassen im Bus allgemeines Lachen bis hin zu angewiderten Ablehnungsgeräuschen zurück. Die ganze Bandbreite von schockierten Kommentaren bis zu schmunzelnden Bemerkungen ist zu hören. Einige können sich kaum vor Lachen halten, während andere sich entsetzt über den offensichtlichen Schmutz und die unkonventionellen Erotikcenter äußern. Es ist klar, dass die Stadt uns mit ihren Eindrücken überwältigt und wir uns erst einmal an die ungewohnte Großstadtkulisse gewöhnen müssen. Alles wirkt irgendwie chaotisch und dreckig, als hätte jemand den Großstadt-Dschungel extra für uns noch ein wenig unordentlicher gemacht. Dann sehe ich zum ersten Mal einen Menschen, der Mülleimer durchwühlt, um Essbares zu finden, und gleich daneben Erotikcenter, die mitten am helllichten Tag mit Liveshows und Videokabinen locken.

Irgendwie unvorstellbar für mich zu dieser Zeit. Nicht, dass ich prüde bin – solche Etablissements gibt es in meinem Alltag eben einfach nicht. Die Vorstellung, dass das hier alles normal ist, lässt mich erst mal schlucken. Ich bin schließlich nur den ruhigen Rhythmus meines Alltags gewohnt, wo die größte Aufregung der Woche der Besuch der Dorfdisko ist. Und obwohl ich gespannt auf die Woche bin, beschleicht mich gleichzeitig ein gutes Gefühl zu wissen, dass ich nach diesem Großstadt-Abenteuer wieder zurück in meine gewohnte „Allgäu-Idylle" komme.

Scheuerle, Schmieder und Hottle sind leider in einer Parallelklasse, die ein ganz anderes Ziel hat. Die dürfen woanders hinfahren, während wir uns in Berlin austoben können. Klar, schade ist es schon, dass meine üblichen „Spielkameraden" fehlen, aber das hält uns nicht davon ab, trotzdem eine megagute Zeit zu haben. Unsere Zimmergemeinschaft ist auch ohne sie der Knaller. Mit unseren Einwegkameras lassen wir uns schnell etwas Neues einfallen: eine Fotosession mit nacktem Oberkörper in den verrücktesten Posen, die man sich nur vorstellen kann. Die Bilder sind vielleicht nicht gerade künstlerisch wertvoll, aber dafür umso lustiger. Und natürlich darf das eine oder andere Schnarchfoto von schlafenden Zimmergenossen auch nicht fehlen. Wer schläft, ist selbst schuld – der wird zum unfreiwilligen Fotomodel.

Unser Wochenplan ist prall gefüllt und lässt kaum Wünsche offen. Wir besuchen eine Musical-Revue, besichtigen das Museum der Völker und natürlich auch die Mauer, inklusive Checkpoint Charlie. Ein Diskobesuch steht ebenfalls auf dem Programm, und wir machen einen Tagesausflug nach Ost-Berlin.

Die ersten zwei Tage in Berlin fühlen sich an wie eine Expedition durch einen unbekannten Dschungel. Alles ist neu, aufregend und irgendwie überwältigend. Der Rhythmus der Stadt wirkt ansteckend, und wir, besonders die Jungs, sind wie aufgedrehte Kinder, die sich in einem riesigen Spielplatz verloren haben. Es ist, als hätte uns Berlin in einen wilden Rausch versetzt.

Inmitten dieser Großstadtsinfonie fällt mir auf, dass Isolde und Lisa, die beiden Mädels, die sich sonst nur heimlich über mich im Unterricht amüsieren, mir immer öfter in die Nähe kommen. Anfangs bemerke ich das nur am Rande – wie ein vages Gefühl, dass jemand im Hintergrund lacht. Isolde, die sich sonst gerne einen Spaß auf meine Kosten erlaubt, scheint plötzlich eine neue Facette an mir zu entdecken. Vielleicht ist es die ungezwungene Atmosphäre hier, die einen anderen Andy zum Vorschein bringt, als den, den sie im Klassenzimmer gewohnt ist.

Plötzlich taucht Isolde neben mir auf, grinst mich an und hakt sich in meinen Arm ein. Zuerst nehme ich das als freundschaftlichen Akt auf – nichts weiter als ein nettes

Geplänkel in der neuen Umgebung. Doch je mehr wir uns in Berlin umherbewegen, desto mehr spüre ich eine seltsame Gänsehaut, wenn sie sich an mich ranschmiegt. Es fühlt sich nicht mehr nur nach freundlicher Nähe an. Da ist eine Spannung, die ich nicht ganz einordnen kann, aber die sich nicht leugnen lässt. Die Stadt hat uns alle verändert, und das spiegelt sich in den kleinen, unerwarteten Momenten wider.

OHNE PASS KEIN SPAß

Am zweiten Abend versammelt uns Herr Völk im Versammlungsraum unserer Unterkunft. „Aufgepasst, alle mal herhören!" Seine Stimme ist ernst, als er die gesamte Runde ansieht. Die Gruppe wird ruhig und aufmerksam, während er fortfährt: „Morgen fahren wir nach Ostberlin. Bitte denkt daran, alle euren Reisepass mitzunehmen. Wir werden am Bahnhof Friedrichstraße über die Grenze gehen. In Ostberlin teilen wir uns in drei Gruppen auf, mit unterschiedlichen Tagesprogrammen. Denkt daran, immer in eurer Gruppe zu bleiben und niemanden zurückzulassen. Falls doch jemand verloren geht: Mit eurem Reisepass kommt ihr jederzeit wieder in den Westen zurück. Vergesst auch nicht, euch 25 DM einzustecken – das ist Zwangswechselgeld. Dafür bekommt ihr Ostmark, die ihr dann verprassen könnt. Bernd!, bitte nicht alles in Bier investieren!"

Das bringt ein schallendes Gelächter durch die Runde. Für mich ist das nicht das erste Mal in der DDR – meine Mama hat Verwandtschaft im Osten, die wir schon in Finsterwalde besucht haben. Trotzdem liegt ein spannender Tag vor uns, und ich weiß noch nicht, dass es ein Tag wird, den ich mein Leben lang nicht vergessen werde.

Am kommenden Morgen geht es mit der ganzen Mannschaft mit der U-Bahn zur Friedrichstraße. Schon bei der Ankunft am Grenzübergang wird klar, dass hier keine gewöhnliche Bahnhofsatmosphäre herrscht. Ein wahnsinniger Andrang drängt sich durch den Eingang, aber die Leute sehen alles andere als entspannt aus. Keine Spur von Touristen, die aufgeregt und voller Vorfreude in eine neue Stadt reisen. Stattdessen wirken die Gesichter ernst und verschlossen, als würde jeder nur hoffen, diesen Ort möglichst schnell hinter sich zu lassen. Die Anspannung, die durch die Teilung der Stadt und diese unerschütterliche Grenze in der Luft liegt, ist fast greifbar.

Ich klammere mich an meinen Ausweis, in den ich die 25 DM in Scheinen gelegt habe, als wären sie mein Ticket in die Freiheit. Schritt für Schritt geht es durch die Grenze, die sich wie eine Schleuse anfühlt, ein echtes Nadelöhr. Die Wachen beobachten uns mit grimmigen Blicken, und es ist, als würde die Zeit langsamer vergehen. Jeder von uns hat plötzlich ein verkrampftes Lächeln im Gesicht, und erst als wir „drüben" ankommen, löst sich die Spannung ein wenig. Ein kollektiver Seufzer der Erleichterung geht durch unsere Gruppe, als wir endlich Ostberliner Boden unter den Füßen haben.

„So, Herrschaften!", ruft Herr Völk und klatscht in die Hände, als wir uns alle in einer Traube auf dem Dorothea-Schlegel-Platz zusammenfinden. „Willkommen in der Ostrepublik unseres Landes!" Während ich noch versuche, einen Platz für meinen Reisepass zu finden, wird mir klar, dass meine Hosentaschen völlig ungeeignet sind. Sebastian, der immer diese kleine „Herrentasche" dabei hat, steht zufällig neben mir. „Hey, könntest du meinen Pass für mich aufbewahren?", frage ich ihn. „Klaro, sagsch mir halt, wenn den wieder brauchsch", antwortet er und zwinkert. Praktisch, so eine Tasche.

Währenddessen fährt Herr Völk fort: „Bitte denkt daran, dass ihr hier Gäste seid und euch auch entsprechend benehmen solltet. Wir teilen jetzt die drei Gruppen für die unterschiedlichen Tagesziele auf. Sobald die Gruppen ihre Aktionen beendet haben, geht jede mit der entsprechenden Lehrerbetreuung einzeln zurück in den Westen. Das heißt: Wir gehen nicht gemeinsam in den Westen zurück. OK? Also bitte teilt euch in drei Gruppen auf."

Die Tagesziele sind schnell benannt: das Pergamonmuseum, der Alexanderplatz mit dem Fernsehturm und der Palast der Republik. Ein Hauch von Aufregung liegt in der Luft, während wir uns für unsere Aktivitäten entscheiden. Ich entscheide mich für den Palast der Republik – das klingt irgendwie spannend. Sebastian, der noch neben mir steht, wählt das Museum. Und so geht es los, jeder mit seinem eigenen kleinen Abenteuer im „anderen" Berlin.

Bevor es mit den Gruppen losgeht, schmeißen wir erstmal unser Tagesgeld raus. Klar, das Erste, was wir machen, ist ein Bier trinken. Die erste Halbe ist kaum geleert, da starren wir alle ungläubig auf die Rechnung: 50 Ostpfennig! In Leutkirch haben wir dafür noch 2,80 DM gezahlt! „Na, wenn das so is', dann pump'mer uns halt noch eins!", ruft Bernd und grinst übers ganze Gesicht. „Aber das ist dann auch das letzte, Jungs!", brummt Herr Völk, der genau weiß, wo seine „Pappenheimer" sind.

Mit einem leichten Schwips torkele ich in einen Buchladen, wo mir „Krabat" von Otfried Preußler ins Auge springt. Klar, das muss mit! Und dann, im Regal daneben, entdecke ich eine Schallplatte von Karat. Die gönne ich mir auch noch. Fast wie im Rausch zahle ich und merke erst da: Das Tagesgeld ist so gut wie futsch.

Dann geht's los, aufgeteilt in drei Gruppen. Meine Gruppe führt Herr Völk an, unterstützt von Frau Osterloh, meiner Lieblingsdeutschlehrerin.

Wir kommen am Palast der Republik an, und plötzlich wird mir eiskalt. Mir schießt durch den Kopf: Ich habe meinen Reisepass Sebastian gegeben. Und Sebastian ist in der anderen Gruppe. Mein Herz klopft wie verrückt, als ich auf Herrn Völk zugehe. Er schaut mich schon mit diesem Blick an, als wüsste er genau, dass ich eine Hiobsbotschaft für ihn habe.

„Was ist los, Andreas? Du bist ja kreidebleich!", fragt er, mit einem Stirnrunzeln, das alles andere als entspannt aussieht.

„Ich... ich habe meinen Pass Sebastian Bodenmüller gegeben. Der ist in der anderen Gruppe", stottere ich.

Herr Völks Gesicht verfärbt sich. „Mensch Junge, was macht ihr nur für Sachen?", schnauft er. „Frau Osterloh, kommen Sie mal bitte!"

Frau Osterloh kommt herüber, und Herr Völk erklärt ihr die Situation. Er überlegt kurz, dann entscheidet er: „Frau Osterloh, Sie gehen mit der Gruppe zum Konsulat der BRD und schildern den Fall. Sie haben ja seine Personalien."

Frau Osterloh nickt und macht sich bereit. „Und wir beide, Andreas, wir gehen sofort zur Grenze. Da sehen wir dann weiter. Hoffen wir mal, dass die andere Gruppe noch im Osten ist – ich gehe mal davon aus."

DAS VERHÖR

Wir kommen am Bahnhof Friedrichstraße an, direkt an der Grenze. Mein Herz klopft wie verrückt, und die Nerven liegen blank. Herr Völk, der eben noch so ausgesehen hat, als würde er jeden Moment die Fassung verlieren, wirkt jetzt absolut professionell und abgeklärt. Es ist, als hätte er auf dem Weg hierher einen Schalter umgelegt.

„Pass auf, Andreas," sagt er ruhig und legt mir die Hand auf die Schulter, „egal was passiert – du bist in 24 Stunden wieder im Westen. Das Konsulat ist informiert. Das Schlimmste, was dir passieren kann, ist eine Nacht in einer DDR-Zelle. Auf keinen Fall länger."

Ich atme tief durch und versuche, mich zu fokussieren. Wenn das wirklich das Schlimmste ist, dann komme ich da zumindest lebend raus. Und während ich Herrn Völk ansehe, wird mir klar, wie viel Vertrauen ich zu diesem fantastischen Lehrer habe. Wie er auf einmal so ruhig und entschlossen wird, macht es mir leichter, daran zu glauben, dass alles gut wird. In diesem Moment sehe ich nicht nur meinen

Lehrer, sondern auch einen Menschen, der genau weiß, wie man in einer Krise handelt.

„Doch es hilft alles nichts, Andreas", sagt Herr Völk und deutet mit dem Kopf in Richtung eines Grenzers. „Wir gehen jetzt zu dem Grenzer da drüben und erzählen ihm, was los ist. Wichtig ist nur eins: Sag die Wahrheit! Fang nicht an, Märchen zu erzählen oder dich in Unwahrheiten zu verstricken. Du hast nichts Strafbares gemacht. Dir ist nur ein saublödes Missgeschick passiert. Okay?"

Ich schaue ihm in die Augen, so wie Rocky in der 15. Runde seinen Trainer ansieht, wenn dieser ihm erklärt, dass es jetzt an der Zeit ist, rauszugehen und alles zu beweisen. Herr Völks Blick ist fest, aber auch ermutigend, als wolle er mir sagen, dass das hier zwar kein Boxkampf ist, aber eine ähnliche Art von Herausforderung.

Ich nicke kurz, tief durchatmend. „Ja, Herr Völk, danke, dass Sie da sind!" Meine Stimme klingt entschlossen, und ich spüre, wie ein kleiner Funken Mut in mir aufkeimt. Mit Herrn Völk an meiner Seite fühle ich mich bereit, die

Wahrheit zu sagen und das Ganze durchzustehen.

Der Grenzer, auf den wir zugehen, trägt einen Stern auf der Schulterklappe. Ich kenne die Dienstgrade nicht, aber der Leutnant bemerkt an unserem Blick, dass wir wohl eine besondere Angelegenheit haben. Auf seiner Brusttasche steht „Leutnant Schmidt", und sein Blick deutet darauf hin, dass er schon ahnt, dass wir etwas Dringendes auf dem Herzen haben.

„Nu, was kann isch für Sie tun, meine Herren?" fragt er mit einem sächsischen Akzent, während er uns mustert.

„Das hier ist einer meiner Schüler, Herr Schmidt", beginnt Herr Völk und deutet auf mich. „Ich bin heute Morgen mit ihm und der ganzen Klasse rübergekommen…" Herr Völk erklärt ruhig die Situation und schildert, dass ich meinen Reisepass Sebastian gegeben habe, der jetzt in der anderen Gruppe ist.

Leutnant Schmidt hört aufmerksam zu. Nachdem Herr Völk die ganze Sache ausgeführt hat, wirft mir der Leutnant einen leicht grinsenden Blick zu. „Soso, junger Mann, und nu haste keenen Reisepass bei dir? Nu hammer den Salat. Na denn, kommt mal beede mit!"

Er sagt das mit einem leichten Schmunzeln, das mich etwas entspannen lässt. Zusammen mit Herrn Völk folge ich dem Leutnant zu einem kleinen Wachhäuschen. Jetzt heißt es, Ruhe bewahren und hoffen, dass sich das Missgeschick schnell klärt.

„Wie isn ihr Name?" fragt Leutnant Schmidt und sieht Herr Völk an.

„Völk!", antwortet mein Lehrer.

„Und Sie denken, Herr Völk, die Gruppe mit dem Reisepass ist noch in der Deutschen Demokratischen Republik?" fragt der Leutnant weiter, während er aufmerksam auf die Antwort wartet.

„Ja, davon gehe ich aus", erklärt Herr Völk ruhig. „Wir haben frühzeitig abgebrochen, und so schnell sind die noch nicht durch."

Leutnant Schmidt nickt, dreht sich um und winkt einen Kollegen mit drei Sternen heran.

„Also passen Sie mal auf, Herr Völk", sagt der Leutnant, „dann warten Sie hier mal vor der Grenze auf die Klasse. Ich nehme den jungen Mann mal mit hier, da müssen wir erst mal ein paar Fragen klären."

„Gut, machen Sie das", sagt Herr Völk mit einer Gelassenheit, die mich beeindruckt. „Ich möchte Sie jedoch informieren, dass wir die Botschaft der Bundesrepublik informiert haben."

„Jo, das ist ja wunderbar, wenn Sie das machen", erwidert Leutnant Schmidt mit einem Schmunzeln. „Trotzdem wollen wir uns mal mit dem Jungen unterhalten – du kommst nu mal mit!"

Also folge ich dem Leutnant und ahne noch nicht, dass der Grenzer mit drei Sternen ein Hauptmann ist. Gemeinsam führen sie mich in einen Raum, der mich doch sehr an die Verhörräume aus den Schimanski-Filmen erinnert – graue Wände, ein Tisch, und zwei Stühle gegenüber. Die Atmosphäre ist alles andere als einladend.

Der Leutnant deutet auf einen der Stühle. „Setz dich mal hin, mein Junge.“

Ich lasse mich nieder und versuche, ruhig zu bleiben, während der Hauptmann sich hinter dem Tisch setzt.

„So, mein junger Freund“, beginnt der Hauptmann mit einem ernsten Ton, „nu erzählste mal, was dir heute passiert ist.“

Der Grenzer-Hauptmann mit Namen Schulz, sitzt vor mir, die Uniform straff, die Augen misstrauisch. Ich erzähle die Geschichte, meinen Part, die Sache mit dem Freund, und im Kopf dreht sich nur dieser eine Gedanke:

Hoffentlich ist Sebastian noch in Ostberlin.

Das Schweigen im Raum wird plötzlich unterbrochen, als er mit einer Frage in mein Gedankenkarrussell tritt.

„Aha, du kommst ausm Allgäu? Wo genau wohnst Du da und wie heißen Deine Eltern?“

Ah, endlich mal was Einfaches. Leutkirch. Und Mama und Papa – wie aus der Pistole geschossen.

„Und wann sind deine Eltern jeboren?"

Scheiße. Da ist es. Genau die Frage, die so ein Grenzer stellen würde. Eine, die jedes Kind aus dem Schlaf heraus beantworten könnte, ohne zu zögern. Nur ich, ich sitze hier und überlege, wie das nochmal war. Vater war älter, klar. Aber wer hat jetzt am 14. April und wer am 4. April Geburtstag? Die Zahlen wirbeln vor meinen Augen, als ob sie sich absichtlich verstecken würden.

Ich greife ins Dunkel und ziehe Mama zuerst heraus, dann Papa. Ein Bauchgefühl. Es muss richtig sein.

„Mama 4., Papa 14. April," sage ich schließlich und hoffe, dass mein Pokerface hält.

Der Hauptmann sagt nichts. Er lässt den Blick zum Leutnant gleiten, ein kurzes, schwer zu deutendes Nicken. So als ob sie einstudierte Antworten wittern.

Im Raum ist plötzlich diese Spannung, die sich langsam aufbaut, das Misstrauen fast greifbar. Die beiden sehen sich an wie zwei, die eine Entscheidung treffen müssen, aber noch ein

Puzzleteil fehlt. Ich spüre es in meinem Magen, wie die Zeit immer schwerer wird.

Die Stille schwappt wieder rüber.

Der Leutnant kneift die Augen zusammen und sieht mich an, als könnte er meine Gedanken lesen. „Bist du sicher, Junge? Sind das die Geburtstage deiner Eltern?" Seine Stimme ist ruhig, aber es steckt etwas drin, was mir das Blut in den Adern gefrieren lässt. Die Rückseite meines Hemds klebt unangenehm kalt an meinem Rücken. Mein Kopf schreit: *Bleib bei der Entscheidung!*

„Ja," sage ich und halte den Blick, „Mama am 4., Papa am 14."

Der Leutnant verzieht keine Miene, doch sein Mundwinkel zuckt leicht. „Gibt's noch andere Verwandte von dir?" Natürlich gibt's die. Tanten, Onkel, Cousins. Ich zähle sie auf, als würde ich ein Verzeichnis durchblättern. Aber als er weitermacht, zieht sich mein Magen zusammen.

„Und wann haben die Geburtstag?" Er schaut mich an, als hätte er gerade die letzte Trumpfkarte gespielt.

„Das weiß ich nicht," antworte ich ehrlich. „Beim besten Willen nicht."

Er hebt eine Augenbraue. „Na, aber den Geburtstag von ein oder zwei Onkeln oder Tanten sollte man schon wissen, oder gratulierst du nie?" Der Vorwurf schwingt in seiner Stimme mit, als wäre es geradezu ein Verbrechen, das Datum der Geburtstage zu vergessen.

Ich gebe zu, innerlich bin ich bei sowas ein Banause. Eigentlich halte ich nicht mal meinen eigenen Geburtstag für besonders erwähnenswert. *Was ist schon ein Geburtstag,* denke ich. Aber hier, in dieser engen Kammer, wirkt meine Nachlässigkeit plötzlich wie ein Schuldeingeständnis.

„Kann Ihnen da nichts zu sagen," sage ich schließlich, die Schultern zuckend.

Er mustert mich noch einen Moment, dann schnaubt er leise und steht auf. „Jut. Dann warteste mal hier. Wir kommen gleich wieder." Ohne ein weiteres Wort verlassen der Leutnant und der Hauptmann den Raum.

Die Tür fällt zu, und es ist, als hätte jemand den Ton abgedreht. Nur das leise Surren der Deckenlampe bleibt. Ich sitze allein auf diesem harten Stuhl, den Kopf in den Händen. Der Raum riecht nach kaltem Rauch und abgestandenem Kaffee. Die Minuten schleichen vorbei, vielleicht sind es 20, vielleicht 30. Die Uhr tickt, aber mein Kopf ist woanders.

Sebastian. Ist er noch im Osten? Was, wenn er schon rüber ist und ich hier festsitze?

Die Tür fliegt auf, als hätte jemand einen Orkan losgelassen. Hauptmann Schulz tritt ein, und diesmal folgt ihm nicht der Leutnant, sondern jemand, der die Luft im Raum noch dichter macht. „So, Bürschchen, ick darf dir den Herrn Oberst Wacknitz vorstellen," sagt Schulz mit einem Grinsen, das mehr einem Zähnefletschen ähnelt.

Wacknitz, ein paar Zentimeter kleiner als der Hauptmann, aber mit einem Bauch, der doppelt so viel Raum einnimmt, als würde er sein eigenes Gravitationsfeld erzeugen, mustert mich aus seinen Schweinsäuglein. Er watschelt förmlich näher, wie ein grimmiger Pinguin mit zu engem Gürtel.

„Du weißt schon, dass du dich da schön in die Scheiße geritten hast, Bursche?" knurrt er und verschränkt die Arme, was ihn noch bedrohlicher wirken lässt. „Erzähl mal, wie das alles passiert ist. Und zu welcher Uhrzeit."

Natürlich wollen sie die Geschichte wieder hören. Als ob ich sie mir ausgedacht hätte. Auf der Zunge liegt mir ein saftiger Satz, irgendwas in der Richtung von: *Muss man euch uniformierten Vollidioten alles zweimal erklären?* Doch ich beiße mir auf die Lippen. Das würde die Situation nicht besser machen. Stattdessen atme ich tief durch und fange an, die Geschichte nochmal runterzurattern.

Ich versuche, gleichgültig zu klingen, als wäre das alles nur ein dummer Zufall.

Wacknitz nickt kaum merklich, aber sein Gesicht bleibt eine unbewegliche Maske. Ich rede weiter, beschreibe die Fahrt nach Ostberlin, wie wir durch die Stadt getigert sind, die ganzen Details, die ich schon zum hundertsten Mal wiederhole. Während ich rede, wandert mein Blick immer wieder zu Schulz, der sich an den Türrahmen lehnt und wie ein hungriger Geier grinst. Wacknitz hingegen gibt keinen Laut von sich. Es ist, als würde er auf das eine Detail warten, das ich vergesse, das eine Loch in meiner Geschichte, durch das er mich endgültig aufhängen kann.

Kaum bin ich mit meiner Geschichte fertig, geht es wieder los. Diesmal wollen sie Telefonnummern. Erst von meinen Eltern, dann von meinen Onkeln und Tanten. Ich überlege fieberhaft, wie weit das alles noch gehen soll. Ich sitze jetzt seit über zwei Stunden in diesem stickigen Raum, während draußen die Zeit gnadenlos weitertickt. Die Stunden, die Minuten, alles fühlt sich wie eine tickende Bombe an, und ich weiß genau, was auf dem Spiel steht.

Wenn Sebastian mit meinem Reisepass schon rüber in den Westen ist..., denke ich. *Dann Gute Nacht im Osten.*

Jeder Sekundenbruchteil fühlt sich an, als könnte er der letzte sein, bevor sie das Netz um mich enger ziehen. Und ich frage mich, wie lange ich hier noch sitzen muss, bevor sie mich ganz auseinandernehmen.

Wacknitz starrt mich an, als würde er durch meine Stirn hindurch in mein Hirn gucken wollen. „Also, Bürschchen," brummt er, „die Telefonnummern?"

Ich schlucke. Telefonnummern? Ich hatte die doch nie auswendig gelernt! Vielleicht die von zu Hause, ja, aber meine Onkel und Tanten? Keine Chance. „Die hab ich nicht im Kopf," sage ich und höre, wie meine Stimme ein bisschen zu dünn klingt. „Ich kann sie nachschlagen, wenn Sie wollen, aber..."

Wacknitz verzieht keine Miene. „Na klar, nachschlagen. Und wie stellst du dir das vor? Dass wir dir mal kurz nen Telefonbuch hinlegen?" Seine Augen funkeln kalt, und ich spüre, wie mir der Schweiß am Rücken runterläuft.

„Das wird nüscht. Ick hoffe für Dich, dass Dein Klassenkamerad noch im Osten ist, sonst wird das ne janz dünne Nummer für Dich, Freundchen." Der Oberst Wacknitz grinst dabei nicht mal. Es ist dieses kalte, neutrale

Gesicht, das einem sagt: *Die meinen das ernst.* Ich schlucke schwer, versuche mir nichts anmerken zu lassen, aber innerlich spüre ich, wie sich alles verkrampft. Sebastian… wo bist du, verdammt?

Der Oberst nickt dem Hauptmann zu. „Wir brauchen noch ein paar Minuten. Du wartest hier." Natürlich. Was bleibt mir anderes übrig? Die beiden marschieren raus, die Tür fällt schwer ins Schloss, und ich bin wieder allein mit meinen Gedanken. Mein Herz klopft so laut, dass es im Raum zu hallen scheint. Ich überlege, wie lange ich das noch durchhalten kann, bevor ich anfange, den Verstand zu verlieren.

Die Minuten ziehen sich. Ich versuche nicht auf die Uhr zu starren, aber es ist wie ein Zwang. 10 Minuten. 15. Mehr als 20 sind vergangen, als die Tür plötzlich wieder auffliegt. Diesmal sogar noch lauter als vorher. Es knallt wie eine Explosion, und mein Körper fährt zusammen, bevor ich überhaupt realisiere, was los ist.

Zur Tür herein kommen der Hauptmann, der Oberst und zu meiner Überraschung auch mein Lehrer, Herr Völk. Dieser hält meinen Reisepass in der Hand, als wäre es ein kostbarer Schatz, den ich so gut wie verloren glaubte. „Da hast du aber mächtig Glück gehabt, dass dein Schulkamerad noch in unserer DDR war", sagt Oberst Wacknitz mit einem ironischen Unterton, der mir einen Schauer über den Rücken jagt.

In diesem Moment könnte ich meinem Lehrer um den Hals fallen, so erleichtert bin ich. „Mensch Andy, alle Gruppen waren noch im Osten, und Sebastian hatte deinen Pass noch in seiner Tasche. Können wir nun geschlossen wieder in die Bundesrepublik?" Herr Völk schaut den Oberst und Hauptmann entschlossen bei dieser Frage an, als wäre er derjenige, der die Fäden in der Hand hält.

„Dem steht nichts entgegen, Herr Völk, aber das läuft geregelt. Nehmen Sie Ihren Schüler mit. Er hat sich mit der Gruppe anzustellen wie alle anderen auch", sagt Wacknitz zähneknirschend und wirft mir einen Blick zu, der so viel Misstrauen trägt, dass ich mich frage, ob ich jetzt einfach aufspringen und ihm meinen Reisepass entreißen soll.

„Natürlich, das ist nur fair", erwidert Herr Völk ruhig. „Aber ich hoffe, Sie können verstehen, dass ich mir Sorgen um seine Sicherheit mache."

„Sorgen?", wiederholt der Hauptmann schnaubend, „er hat sich mit seiner Schlamperei in eine ganz schön miese Lage gebracht, und das wird er nun ausbaden müssen. Also, kommen Sie!"

Die Worte „ausbaden" klingen in meinen Ohren wie ein drohendes Urteil. Ich weiß, dass ich mich gleich in die Schlange der anderen einreihen muss, die geduldig auf ihre Ausreise warten, während das Adrenalin immer noch durch meine Adern pulsiert. Herr Völk winkt mir zu und lächelt, als ob er mich ermutigen möchte. Ich stehe auf, noch leicht wackelig auf den Beinen, und gehe zur Tür.

„Das haben wir schnell geklärt, aber ich erwarte, dass du nach der Rückkehr alles der gesamten Gruppe heute Abend in der Jugendherberge erzählst.", sagt Herr Völk. „Und vielleicht eine kleine Entschuldigung für die Umstände, die du verursacht hast."

„Ja, natürlich", murmle ich und versuche, mir die Flut an Emotionen zu verkneifen, die in mir brodelt.

Der Hauptmann und der Oberst sehen mich an, während ich an ihnen vorbeigehe, als ob sie auf der Jagd nach einem verirrten Tier sind, das sich nun wieder auf den richtigen Pfad begibt. Ich schlüpfe an ihnen vorbei und spüre die Luft vor der Tür, frisch und kühl, als ich ins Freie trete. Die anderen Schüler stehen in einer Reihe, und ich bin erleichtert, Sebastian zu sehen, der mich mit einem breiten Grinsen begrüßt.

„Da bist du ja!", ruft er. „Ich habe mir schon Sorgen gemacht, dass du dich hier für immer eingesperrt hast."

„Du bist wirklich meine Rettung gewesen", antworte ich und klopfe ihm auf die Schulter. „Komm, lass uns schnell anstellen, bevor sie es sich anders überlegen."

Und während ich mit Sebastian am Ende der Schlange stehe, um endlich den Weg in die Freiheit zu beschreiten, schließt sich hinter mir die Tür vom Verhörraum.

MACHTSPIELCHEN

Ich kann mir nun ein annäherndes Bild davon machen, was es bedeutet, in der DDR zu leben. Ich meine damit nicht die Rahmenbedingungen im Alltag, sondern diesen unterschwelligen Druck, immer beobachtet zu sein und nie das falsche sagen zu dürfen. Es ist, als würde eine unsichtbare Hand ständig über meinem Rücken schweben, mich anstarren, und ich realisiere, wie schwer es ist, in einer Welt zu leben, in der jede Äußerung, jeder Gedanke, jede Entscheidung unter einem Mikroskop betrachtet wird.

Das Gefühl der Erleichterung mischt sich mit einer tiefen Einsicht, die mich schmerzt. Ich drehe mich um, um einen letzten Blick auf die Wände des Grenzgebiets zu werfen, die sich mir in der Erinnerung einbrennen werden. Das Gefühl, nicht wirklich frei zu sein, wird mich wohl noch eine Weile begleiten, auch wenn ich jetzt gleich im Westen bin.

Sebastian und ich stehen also am Ende der langen Schlange, der letzte Aufschwung in die Freiheit. Plötzlich fällt die Tür der

Durchgangsschleuse vor und hinter uns ins Schloss.

Was soll das?

Ich spüre ein mulmiges Gefühl in der Magengrube. Hinter der Glasscheibe erscheinen der Hauptmann und der Leutnant, ihre Gesichter wie steinerne Masken. Sie mustern uns mit einem Blick, der nicht viel Gutes verheißt.

„Na, na, na. Da seid ihr ja, die beiden Helden", sagt der Hauptmann spöttisch. „Erzählt uns doch nochmal, was genau passiert ist. Das wollen wir doch gerne wissen, oder?"

Ich fühle, wie die Erschöpfung über mich kommt, während ich wieder von vorne anfangen muss. Die ganze Geschichte, als ob es nicht schon dreimal gereicht hätte. Das Gefühl, mich im Kreis zu drehen, wird immer stärker. Es ist fast, als ob ich in einer Endlosschleife gefangen bin, die nur von den schneidenden Blicken der beiden Offiziere unterbrochen wird.

30 Minuten später, die Uhr tickt gefühlt quälend langsam, öffnet sich endlich die Tür

zur Freiheit. Ein kreidebleicher Herr Völk steht
vor uns, seine Augen weit aufgerissen und ein
Ausdruck der Verwirrung auf seinem Gesicht.
„Was war denn jetzt noch los, verdammte
Scheiße?"

„Die haben uns nochmal ausgequetscht",
antworte ich und kann die Enttäuschung nicht
verbergen. Es ist, als hätte ich den ganzen Tag
über nichts anderes gemacht, als den gleichen
alten Film zu schauen.

„Diese Idioten bekommen wohl nicht genug
von ihrer Machtdemonstration", murmelt Völk,
während er uns an sich zieht. „Also kommt,
Jungs, ab in die Herberge!"

Der Weg dorthin ist seltsam still, und ich kann
das Knistern der Anspannung zwischen uns
dreien fast hören. Es ist, als ob wir den
schweren Nebel, der uns umgeben hat, hinter
uns lassen, während wir in Richtung der
Herberge gehen, einem Ort, der uns
vorübergehend in den Westen zurückbringt.
Doch die Erinnerung an die Begegnung mit
dem Oberst, Hauptmann und dem Leutnant
wird mir weiterhin nachhängen, als wäre es

eine schleichende Krankheit, die ich mit mir herumtragen werde.

Und während wir uns weiter von der Grenze entfernen, fühle ich, wie die Dissonanz zwischen dem, was wir hinter uns gelassen haben, und dem, was uns erwartet, immer größer wird. In diesem Moment wird mir klar, dass Freiheit nicht nur das Fehlen von Zwang ist, sondern auch die Fähigkeit, das eigene Leben zu gestalten, ohne ständig die Schatten des Systems im Rücken zu spüren.

Als wir erschöpft in unserer Unterkunft ankommen, ist es schon später Nachmittag. Sebastian und ich versammeln die gesamte Gruppe, inklusive der Lehrer, im Essensraum. Zuerst erzählen wir lebhaft, was uns an der Grenze passiert ist. Die anderen hängen an unseren Lippen, obwohl wir längst nicht mehr alle Details ausführen müssen. Irgendwann wechselt die Stimmung, und wir entschuldigen uns bei allen für die Umstände, die unser kleines Missgeschick angerichtet hat. Sebastian klingt dabei gefasst und ernst, aber ich merke, wie Isolde mich die ganze Zeit mit einem verschmitzten Lächeln mustert. Es ist dieses

Lächeln, das sich kaum zurückhalten kann und fast in Lachen ausbricht.

Als die Runde sich langsam auflöst und sich alle auf die Abendveranstaltung – einen Besuch in der Disco – vorbereiten, spüre ich plötzlich einen Arm auf meiner Schulter. Es ist Isolde, die grinsend zu mir hochschaut. „Du bist einfach drollig," sagt sie, das Lächeln jetzt ganz offen. „Dich kann man echt nicht alleine unter Leute lassen." Sie zwinkert mir zu und verschwindet Richtung Zimmer.

In dem Moment bin ich mir nicht sicher, ob ich mich freuen soll oder mich besser auf den Abend vorbereiten sollte.

Im Zimmer liegt dieser seltsame Mix aus mindestens drei verschiedenen Aftershaves in der Luft. Irgendwie riecht es, als hätten wir ein ganzes Regal Parfümfläschchen überfallen und die Hälfte des Inhalts über uns ausgeschüttet. Alle machen sich gerade schick für den Abend. Alex, der immer den Lauten macht, steht vor dem Spiegel und verkündet, dass er sich heute Abend „definitiv Beate schnappt." Die anderen Jungs lachen und reden die ganze Zeit von der Berliner Weiße mit Schuss, die heute auf jeden Fall ausprobiert werden muss. Es ist fast so, als hätten sie die Aufregung des Tages schon vergessen.

Ich dagegen bin noch total durch den Wind. Mein Kopf rattert immer noch von dem Chaos an der Grenze, von den scharfen Blicken der Grenzer, den Fragen nach meinen Eltern, und natürlich von dem Moment, als Herr Völk mit meinem Pass in der Tür stand. Wie durch Nebel ziehe ich ein Hemd aus dem Koffer, schwarze Jeans und das Sakko, das ich mir extra für diese Reise aus dem Schrank meines Vaters gemobbst habe. Das Ding sitzt nicht ganz so, wie ich es mir vorgestellt habe, aber irgendwie passt es zur Stimmung des Abends – halb organisiert, halb improvisiert.

„Na, bist du fertig oder was?" Alex klopft mir auf die Schulter, während er selbst gerade noch die Haare mit Gel bearbeitet. Ich nicke nur, irgendwie noch nicht ganz bei der Sache, aber bereit für was auch immer der Abend bringen mag.

Unten vor der Herberge sammeln wir uns alle. Die Lehrer gucken uns mit einem Blick an, der irgendwo zwischen Erschöpfung und leichter

Sorge liegt. Aber wir sind bereit. Es geht ab ins Tanzlokal.

Als wir am Tanzlokal ankommen, fühlt es sich an, als wären wir in eine überdimensionierte Version der "Traube" aus Leutkirch geraten. Nur alles in XXL. Rundtische mit kleinen Stehlampen, die in warmem Licht schimmern, und eine Tanzfläche, die so sauber und poliert ist, dass die Strahler sich darin spiegeln, als würde der Boden selbst glühen. Ein bisschen Kunstnebel wabert durch den Raum, und aus den Boxen dröhnt dieser typische Discofox, der jeden dazu zwingt, paarweise über die Fläche zu hüpfen. Ein ganz eigenartiges Ambiente, irgendwo zwischen gemütlich und schrill.

Alex braucht nicht lange, um seine Pläne in die Tat umzusetzen. Er hat Beate schon an den Lippen kleben, und das so auffällig, dass sogar die Lehrer peinlich berührt tun, als ob sie ganz woanders hinschauen müssten. Neben mir sitzt Isolde, und sie lacht immer wieder kopfschüttelnd in meine Richtung, so als könne sie nicht fassen, was hier gerade abgeht. Ihre Augen blitzen dabei und irgendwie macht mich dieses Lachen nervös und mutig zugleich.

Also nehme ich all meinen Mut zusammen und frage sie: „Kommst du mit auf die Tanzfläche?" Sie verdreht die Augen, als wollte sie sagen „Muss das sein?", doch dann steht sie tatsächlich auf und lässt sich von mir dorthin ziehen. Ich weiß, dass sie eigentlich überhaupt nicht gern tanzt. Ein Erfolg also schon vor dem ersten Schritt.

Und dann, plötzlich, ändert sich die Musik. „Midnight Lady." Der Song, der jeden, der irgendwann einen "Tatort" mit Schimanski gesehen hat, sofort in eine sentimentale Zeitkapsel zieht. Keine Nummer für Discofox, das ist klar. Hier geht's um Stehblues, und ich habe noch nie in meinem Leben Stehblues getanzt. Aber bevor ich darüber nachdenken kann, legt Isolde ohne zu zögern ihre Arme um meinen Hals. Ihre Nähe trifft mich wie ein Stromschlag. Mein Herz fängt an zu hämmern, als wäre ich gerade wieder am Grenzübergang. Aber diesmal ist es ein anderes Gefühl. Ich habe das Gefühl zu schweben, leicht wie die Wolken aus Kunstnebel um uns herum. Und doch erdet mich ihre Vertrautheit. Nach diesem wilden, absurden Tag ist es, als hätte ich plötzlich genau das gefunden, was ich brauchte, ohne es gewusst zu haben.

Und so stehen wir da, bewegen uns kaum, während „Midnight Lady" sich durch den Raum schiebt. Mein Herz klopft laut in meinen Ohren.

„Das war wunderschön," flüstere ich ihr ins Ohr, kaum dass die letzten Töne von „Midnight Lady" verklingen. Der Moment hängt noch in der Luft, und ich wage kaum, sie anzusehen.

„Seh ich genauso," erwidert sie leise und zu meiner Überraschung spüre ich plötzlich ihre Lippen, wie sie mir sanft einen Kuss auf die Wange drücken. Bevor ich auch nur ansatzweise reagieren kann, nimmt sie meine Hand und führt mich zurück zum Tisch, als wäre nichts gewesen. Nur dieser zarte Druck ihrer Hand bleibt, fest und doch leicht, wie ein stilles Versprechen.

Ich setze mich wieder hin, aber mein Kopf schwirrt. Alles fühlt sich anders an. Die Musik, das Lachen der anderen, die Gespräche um uns herum – alles ist plötzlich gedämpft, weit weg. Ich sehe nur noch Isolde. Das Lächeln auf ihren Lippen, das gerade noch mir gehört hat. Mein Herz klopft wie verrückt, und obwohl wir zurück am Tisch sind, habe ich das Gefühl, als würden wir immer noch tanzen.

Ich bin verliebt.

An diesem Abend passiert nichts weiter. Kein zweiter Kuss, keine weitere zärtliche Berührung. Wir sitzen einfach nur dicht nebeneinander, unsere Schultern stoßen hin und wieder flüchtig aneinander, als wäre das genug. Es fühlt sich an, als könnte allein die Nähe alles sagen, was unausgesprochen zwischen uns liegt. Die Gespräche um uns herum verschwimmen, werden leiser, als ob wir in einer eigenen kleinen Blase sitzen, in der Worte plötzlich nicht mehr wichtig sind.

Während wir so da sitzen, beide schweigend, wissen wir beide, dass der Moment nicht ewig halten wird. Morgen ist der Tag der Abreise. Dieses stille Wissen hängt über uns, doch wir versuchen, den Abend festzuhalten, ihn nicht loszulassen. Kein Kuss, keine großen Gesten – nur dieses unausgesprochene Einverständnis, dass da etwas zwischen uns ist, was vielleicht wachsen könnte. Aber nicht heute, und nicht hier.

Am nächsten Tag sitzen Isolde und ich nebeneinander im Bus, der uns zurück nach Hause bringt. Ich spüre die Nervosität in mir hochkriechen, aber jetzt gibt es keinen besseren Moment. Also fasse ich meinen ganzen Mut zusammen, drehe mich leicht zu ihr und sage: „Ich möchte dich richtig kennenlernen und wünsche mir, dass wir uns bald treffen."

Sie schaut mich an, ein sanftes Lächeln spielt auf ihren Lippen, aber da ist auch etwas in ihrem Blick, das mich aufhorchen lässt. „Weißt du, dass du mich völlig durcheinander bringst, Andy?" Ihre Stimme klingt ehrlich, fast sanft, und für einen Moment bin ich erleichtert. Aber dann folgt das, was wie ein Schlag in die Magengrube trifft: „Ich habe einen Freund und bin leider nicht solo. Ich muss mich zuerst sortieren, wenn ich zuhause bin."

Das sitzt. Diese Offenheit, die sie an den Tag legt, ist wie ein eiskalter Windstoß. Doch gleichzeitig habe ich das Gefühl, dass da mehr ist. Irgendwas zwischen uns. Sie erzählt mir, dass ihr Freund 21 Jahre alt ist, und sofort setzt mein innerer Vergleichsmechanismus ein: 21. Ich bin 17. Kein Führerschein, kein Job, keine Kohle. Warum müssen Mädchen immer auf die älteren Typen stehen? Da komme ich doch nicht mit. Aber dann schiebe ich diese Gedanken beiseite, denn es gibt etwas, das ich habe. Mich selbst. Das Beste, was ich anbieten kann.

Und vielleicht, denke ich mir, reicht das ja.

Da wir die Nacht durchfahren, kommen wir am frühen Morgen in Leutkirch an der Realschule an. Der Bus hält, und ich steige aus, die kühle Morgenluft trifft auf mein Gesicht, während die ersten Sonnenstrahlen sanft über die Schulgebäude streichen. Es fühlt sich an, als würde hier etwas ganz Neues auf mich warten, ein neuer Anfang.

Isolde kommt auf mich zu, und ich kann die Aufregung in ihrer Stimme hören. „Ich muss los, mein Papa wartet auf mich." Bevor ich wirklich reagieren kann, gibt sie mir einen Kuss auf die Backe – zart und überraschend, als hätte sie mir einen kleinen Funken hinterlassen, der in meinem Bauch glüht.

Ich packe meinen Koffer und schleife ihn die Straße entlang, bis ich schließlich zuhause ankomme. Das könnte das Ende der Geschichte sein, aber ich weiß, dass es erst der Anfang ist. Tatsächlich, die Woche darauf, besucht Isolde mich in Leutkirch. Wir setzen uns in meinem Zimmer zusammen, trinken Tee, und es ist, als würden wir unsere eigene kleine Welt kreieren, fernab von allem. Wir gehen spazieren, die Zeit vergeht wie im Flug, und ich kann nicht aufhören, sie anzusehen.

Als ich sie zum Zug bringe, spüre ich eine Mischung aus Nervosität und Vorfreude. Es ist der Moment, auf den ich gewartet habe. Sie schaut mir in die Augen und sagt mit fester Stimme: „Ich habe mit meinem Freund Schluss gemacht." In diesem Augenblick ist die Welt um uns herum still. Bevor ich überhaupt reagieren kann, küsst sie mich sanft und sagt mir ins Gesicht: „I hab di Lieb!"

Mein Herz schlägt bis zum Hals, und ich weiß, dass sie meine erste große Liebe wird. Ein Gefühl, das über den Sommer hinausgeht, über die kleinen Sorgen des Alltags hinweg, etwas, das in diesem Sommer für immer bleibt.

Diese Episode rundet meine Zeit in Leutkirch ab — ein Schlussakkord, der zugleich ein Auftakt ist. Der Moment, in dem sich zwei Wege kreuzen und ich begreife: Es gibt nicht nur entweder-oder, sondern auch sowohl-als-auch.

Manchmal passt's einfach. Manchmal landet man genau da, wo man hin soll, auch wenn man vorher keinen blassen Schimmer hatte, dass dieser Ort, dieser Moment überhaupt existiert.

So wie an diesem Abend, im Sommer 1989, im Vereinsheim der TSG Leutkirch, wo ich mich eher zufällig wiederfinde — oder vielleicht auch, weil Gabi mich einfach darauf angesprochen hat mit zu kommen. Gabi ist aus einer meiner Cliquen, die mitbekommen hat, dass ich zu dieser Zeit eben auch im Verein bin. TSG, größter Sportverein der Stadt Leutkirch, einer der größten in Baden-Württemberg, ein wahrer Moloch aus Mitgliedsbeiträgen, Sportarten und Ehrenamtlichen, die sich selbstlos den

Wahnsinn antun. Ich selbst spiele zu der Zeit Badminton, als Ausgleich zur Muckibude. Ist ja nicht so, als hätte ich nicht schon genug Sportarten ausprobiert und wieder hingeschmissen. Fußball, Tennis, Handball — immer so zwei, drei Monate, dann war's das wieder. Bis ich die Muckibude für mich entdeckt habe. Aber gut, heute bin ich hier.

Wir sitzen zu viert an einem Tisch, irgendwo zwischen Bierdeckeln und Vereinschroniken. Stefan, der Jugendwart, mit Vollbart und Dauergrinsen, einer von denen, die auf jedem TSG-Foto im Hintergrund auftauchen. Gabi, Kassiererin, Steuerfachangestellte in spe, mit einem Blick, der sagt: Ich weiß genau, wie ich dich hier reinbringe und ihrem Freund, der auch Stephan heisst, mit „ph".

Und ich, leicht ahnungslos, aber mit einer vagen Vorahnung, dass dieser Abend eine Wendung nehmen könnte.

Stefan legt los, ohne große Vorrede. „I werd in der Vorstand von der TSG eintrete. Deswega bräuchtmer an neuen Jugendwart."

Ich will gerade ansetzen, um zu fragen, warum er mir das erzählt, da kommt schon der nächste Satz. „Gabi will it. Alle meine charmante Überzeugungsversuche sind gescheitert. Aber sie würd dir als Kassiererin helfen." Ich blinzele. „Äh …ich… und was müsste ich da so machen?" Stefan winkt ab, als wäre es eine Kleinigkeit. „Bissle Anträge ausfülle für Sportförderung, bissle Hände schütteln … und halt den Sportlerball an der Fasnet moderiere."

Bingo. Da hat er mich.

Einmal auf der Bühne der Festhalle stehen. Einmal einen Saal voller Leute mit meiner Moderation begeistern. Ich nicke, bevor mein Gehirn die Chance hat, Einspruch einzulegen.

„Bin dabei."

Gabi grinst zufrieden. Stefan klopft mir auf die Schulter und Stephan lacht: „i han g'wusst das der Sprotlerball ihn ködert!" - Ich ahne noch nicht, was ich mir da eingebrockt habe. Aber was soll's – einmal auf der Bühne stehen, das ist es wert.

Keine 5 Monate später: Der Sportlerball rückt näher, und ich bin voll im Element. Saison 89/90 - Das Motto „Ein Oscar für die Nibelgauer" - Perfekt. Ich sehe mich schon als Regisseur mit Filmklappe in der Hand, die Papa mit mir zusammen bastelt, bereit, die Show zu inszenieren. Große Gesten, dramatische Pausen – Hollywood-Feeling in der Festhalle von Leutkirch.

Natürlich gehört zu einer echten Show auch Musik, also setze ich mich mit den Tornados zusammen, der Band des Abends. „Ich will einen Song performen", sage ich. Sie nicken. Ich lasse eine Pause. Spannung aufbauen, ganz wichtig. Dann lehne ich mich vor und sage mit ernster Miene: „Bruce Springsteen. Hungry Heart."

Ein kurzes Schweigen. Dann zustimmendes Nicken. Gute Wahl. Guter Song. Ich sehe mich schon da stehen, Holzfällerhemd mit abgerissenen Ärmeln, die Muskeln subtil (oder weniger subtil) zur Schau gestellt, die wilde Mähne passend zum Boss-Vibe. Jeans, Cowboystiefel – fertig ist der Nibelgauer Springsteen. Aber ein Song reicht nicht. Man muss die Leute mitnehmen, sie emotional abholen, einen Bogen spannen. Also kommt noch eine Zugabe dazu: „Hey Jude“. Die große Mitsing-Nummer. Die ganze Festhalle, Arme in der Luft, ein einziger Chor aus „Na-na-na-nas“. Wenn schon Hollywood, dann richtig.

Das Programm der Sportvereine ist wie immer stark – Turngruppen, Tanz, Comedy-Einlagen – und ich habe ein paar gute Ideen, das Ganze so zu moderieren, als wären wir bei der Oscar-Verleihung. Vielleicht mit Laudationen. Vielleicht mit kleinen, einstudierten Gags. Vielleicht mit mehr Pomp, als die Festhalle je gesehen hat.

Egal wie, eins ist sicher: Das wird eine Show.

Und dann ist er da. Der Abend, auf den alles hinausläuft. Mein erster großer Auftritt vor einem Publikum, das mich entweder nicht kennt oder nicht weiter wahrgenommen hat. Noch.

Die Festhalle brummt vor Erwartung, die Luft riecht nach Haarspray und Bier, und als das Licht gedimmt wird, erklingt zur Eröffnung … die Titelmusik der Schwarzwaldklinik. Ich lasse genau drei Sekunden verstreichen, dann reiße ich das Mikro an mich.

„Kinder, so kann ich hier nicht arbeiten!" rufe ich mit gespielter Entrüstung. „Das ist nicht Hollywood, das ist Hausfrauenschick!"

Ein Lachen geht durch den Saal. Ein erstes Lachen. Das Eis bricht. Die Leute merken: Der macht das irgendwie anders. Ich nehme sie mit durch den Abend, moderiere mit einem Lächeln, das ein kleines bisschen breiter ist, als ich es mir zugetraut hätte. Die sensationellen Turnerinnen der Showgruppe fliegen durch die Luft, das Publikum jubelt, der Funke springt über. Und dann kommt der Moment, auf den ich heimlich hingefiebert habe. Franky, der Keyboarder der Tornados, tritt ans Mikrofon.

„Ladies and Gentlemen! We proudly present ... the one and only ... BRUCE SPRINGSTEEN! Danke für Ihre Geduld, doch ja, er ist heute hier, live für Sie!"

Die Menge lacht und klatscht, und genau in dem Moment springe ich aus dem Off auf die Bühne – im hohen Satz, auf die Knie, Mikrofon in der Hand. Ich werfe den Kopf zurück, lasse die Mähne fliegen, reiße das Hemd ein Stück weiter auf, als es vielleicht nötig wäre, und dann geht's los.

Got a wife and kids in Baltimore, Jack…

Die Band groovt, die Leute klatschen im Takt, und plötzlich bin ich einfach drin. Nicht nervös, nicht unsicher – nur pure Energie. Die Menge tobt, und zwischen all den Gesichtern fange ich zwei Blicke ein.

Einen vom Pressefotografen der Schwäbischen Zeitung, der unaufhörlich draufhält. Und einen von ihr. Dem Mädchen, das mich in der ersten Klasse piesackte. Jetzt schaut sie mich an, anders als damals, aber ich spreche sie nicht an. Warum? Keine Ahnung. Vielleicht, weil ich gerade Springsteen bin und nicht Andy aus der Grundschule.

Der Song endet, der Applaus schwappt über mich wie eine warme Welle, und ich weiß: Das war's noch nicht. Ich greife zur Gitarre. „Hey Jude.“

Das Licht wird gedimmt, Feuerzeuge flammen auf, und als der ganze Saal „Na-na-naaa“ singt, passiert etwas. Ein Moment, den man nicht planen kann. Dann lasse ich alle Frauen im Saal singen, danach alle Männer und alle zusammen. Es funktioniert! Eine Magie, die mich packt und nicht mehr loslässt. Ich sehe in die Menge, höre, wie die Stimmen sich vereinen, spüre, wie die Musik den Raum füllt – und plötzlich weiß ich es:

Ja, denke ich. Ich will Musiker werden!

An diesem Abend genieße ich einfach alles. Jeden Moment, jeden Schulterklopfer, jedes anerkennende Nicken. Ich stehe da, noch leicht atemlos, ein breites Grinsen im Gesicht, als mir der Fasnetsorden der Nibelgauer umgehängt wird. Metall auf meiner Brust, Applaus in meinen Ohren. Und dann: der Tanz mit der Prinzessin.

Die Fasnetsprinzessin der Narrenzunft! Petra, einstige Trommlerin im Fanfarenzug meines Vaters, jetzt in voller Montur, Krönchen, Kleid, das volle Programm. Ich hätte nie gedacht, dass ich mal mit ihr übers Parkett schwebe – und doch tun wir genau das. Die Musik spielt, das Licht schimmert, und ich spüre zum ersten Mal an diesem Abend nicht nur die Euphorie, sondern auch eine Art von Stolz. Nicht über mich selbst, sondern über diesen ganzen Moment.

Und dann taucht Stefan vor mir auf. Stefan, der mit seinem Vollbart schmunzelt wie ein Mann, der genau wusste, dass es so kommen würde. „Heut hasch du die TSG präsentiert wie kein anderer!" ruft er, seine Begeisterung echt, seine Augen leuchtend.

Ich lache, nehme noch einen Schluck aus einem Glas, das mir jemand in die Hand drückt, und lehne mich für einen kurzen Moment zurück in das Gefühl dieser Nacht.

Perfekt. Einfach perfekt.

Und zu Hause kann es meine Mama am nächsten Morgen kaum erwarten, von mir zu hören, wie es war. Der Bericht in der Zeitung macht sie unglaublich stolz – und es sollten noch einige folgen.

Ja, manchmal passt einfach alles. Zeit, Ort, Leute – als hätte das Universum kurz aufgehorcht, sich gedacht Na gut, dem Andy geb ich jetzt mal 'ne Chance und dann alles genau richtig zusammengefügt.

So läuft es auch an einem Sommer-
wochenende, nur ein halbes Jahr später, als
mein Kumpel Waldi mich aus meiner
Liebeskummerhöhle zerrt und in die Pampa, in
der Nähe von Ulm schleppt. Schon seit
Wochen schwärmt er von der Open-Air-Party
mitten im Grünen.

„Und du kommsch mit! Damit auf andre
Gedanke kommsch!". Zu diesem Zeitpunkt bin
ich 21. Ich bin nicht überzeugt. Ich bin sogar
das Gegenteil von überzeugt. Ich bin der Typ,
der mit versteinertem Gesichtsausdruck auf
dem Rücksitz sitzt, die Arme verschränkt,
während Waldi mit seiner Partnerin begeistert
von der Band schwärmt, die da spielen soll.
„Die Hobbits", sagt er. „Total genial!"

Ich seufze.

„Was soll ich da?" frage ich ihn, während ich,
mitten in der Pampa angekommen, meine
Gitarre aus dem Kofferraum ziehe – ohne
genau zu wissen, warum ich das eigentlich tue.

Waldi grinst nur. „Wirst schon sehen. Deine
Zeit kommt heut no!"

Und dann sehe ich es tatsächlich. Zuerst die Band, dann die Party, dann – um Punkt 23:00 Uhr – den Notstromgenerator, der den Geist aufgibt und die Musik mit einem Schlag ausknipst. Während um uns herum ein kollektives „Oh nein!" aufsteigt, legt Waldi mir die Hand auf die Schulter, als wäre er der spirituelle Führer eines uralten Musiker-Geheimbundes.

„Jetzt ist deine Zeit, Andy. Schnapp deine Akustikschrammel und setz di ans Lagerfeuer!"

Eine halbe Stunde später sitze ich am Lagerfeuer und klampfe auf meiner akustischen Westerngitarre, als hätte ich nie etwas anderes getan. Der Abend wird zur Nacht, die Nacht zum Morgen, die Gesichter um mich herum verschwimmen irgendwann zu einer glücklichen, singenden Masse. Und dann ist da Lande.

Lande ist Lehrer, zehn Jahre älter als ich und sucht gerade was Neues, nachdem er bei den „Hobbits" aussteigen möchte. „Mit dir mach i was, ich ruf dich an!" sagt er, sehr angetrunken, morgens um ca 4 Uhr zu mir. Und bevor ich's richtig begreife, haben wir uns gefunden: Zunächst als Gitarrenduo. Später dann mit 3 Mann Verstärkung die Band „Twist and Shout" mit der wir die Hallen im Nördlinger Ries füllen. Es folgen 30 Jahre Bühnenerfahrung in verschiedenen Besetzungen.

Der Rest dieses Jahres vergeht zwischen Rechnungen, Lieferscheinen, Berufsschule und dem Geruch von frischem Fleisch – mein letztes Ausbildungsjahr im Schlachthof zum Groß- und Außenhandelskaufmann. Tagsüber Warenströme, Kalkulationen und Gespräche mit Lieferanten, abends die Frage, wo das alles hinführen soll.

Ein Jahr später weiß ich es: Es geht nach Augsburg. Berufsbegleitend, sieben Semester Betriebswirt. Tagsüber in Buchloe arbeiten, abends lernen, weitermachen. Weniger Schlaf, mehr Wissen – das große Ganze im Blick.

Es folgen viele weitere Episoden: Erfolge, die mich hochheben. Niederlagen, die mich auf den Boden holen und wachsen lassen. Freude, die unvergesslich ist. Enttäuschungen, die bleiben – aber irgendwann verblassen.

Und am Ende? Ich stehe da, blicke zurück, blicke nach vorn – und merke: Ich bin angekommen.

EPILOG

Wenn ich heute durch Leutkirch gehe, schwingen die Erinnerungen meiner Jugend mit. Die Stadt hat sich verändert – das Gemeindehaus wurde abgerissen und neu gebaut, das Fitnessstudio gibt es nicht mehr, der Schlachthof, in dem ich meine Ausbildung machte, wurde stillgelegt. Der einst ruhige Ort ist nun vom Verkehr geprägt, wo man früher an Sonntagen noch ungestört auf den Straßen schlendern konnte.

Auf dem Waldfriedhof nehme ich mir Zeit für Mama. Ich setze mich auf die Bank neben ihrem Grab, betrachte die Blumen, die ich mitgebracht habe, und spreche mit ihr. Manchmal erzähle ich ihr von meinem Alltag, manchmal von den großen Entscheidungen, die mich beschäftigen. Auch wenn sie nicht antwortet, fühlt es sich gut an. Mein Papa freut sich immer über meinen Besuch, und wenn wir gemeinsam im Esszimmer bei Kaffee und Kuchen sitzen, spüre ich, dass sie uns beiden nah ist.

Seit ich mit meiner Familie nach Koblenz gezogen bin, habe ich den Kontakt zu den meisten alten Freunden verloren. Die gemeinsamen Erlebnisse verblassen langsam, und ich frage mich oft, wie es ihnen heute geht. So erging es vielen aus meiner Generation – jeder fand seinen eigenen Weg, und nach und nach entfernten wir uns voneinander. Auch meine Jugendliebe Isolde und ich trennten uns nach zwei Jahren. Nach der Realschule standen uns Veränderungen bevor, die unsere Wege in verschiedene Richtungen lenkten. Manchmal denke ich an die Tage zurück, an denen wir gemeinsam lachten und von der Zukunft träumten. Die Unbeschwertheit dieser Zeit ist heute ein fernes Echo.

Die Repsweihersiedlung hat neue Bewohner. Die einst vertrauten Fassaden wurden modernisiert, Gärten wichen erweiterten Parkflächen. Doch wenn ich durch die Straßen schlendere, erkenne ich Spuren meiner Erinnerungen. Die Stadt hat ihr Gesicht verändert, aber für mich bleibt sie voller Geschichten. Manchmal treffe ich jemanden aus der Vergangenheit, und wenn wir gemeinsam einen Kaffee trinken, hängen unsere alten Erinnerungen wie kleine Schätze in der Luft.

Nach über 30 Jahren auf der Bühne habe ich die Musik aus beruflichen Gründen an den Nagel gehängt. Doch nicht nur deshalb – die Pandemie hat mir auch die Stimme geraubt. Es ist ein seltsames Gefühl, etwas loszulassen, das so lange Teil meines Lebens war. Und doch bleibt eine Spur meiner Musik: Seit 2014 erklingt mein Isnysong jedes Jahr zum Kinderfest in der Nachbargemeinde. Es ist ein schönes Gefühl zu wissen, dass meine Melodien weiterleben.

Leutkirch war mehr als nur ein Ort – es war die Kulisse für meine Jugend, für Abenteuer, erste Verliebtheiten und tiefe Freundschaften. Die Erinnerungen daran sind wie Mosaiksteine, die das Bild meiner Kindheit formen. Die verregneten Nachmittage in der alten Turnhalle, die lauen Sommerabende auf dem Schulhof, das Lachen von Freunden – all das bleibt haften, selbst wenn sich die Stadt verändert.

Jedes Mal, wenn ich zurückkehre, fühlt es sich an wie eine Reise in eine vertraute

Vergangenheit. Die Liebe zu dieser Stadt bleibt unvergänglich, wie ein leiser Schatten, der mich begleitet. Und am wertvollsten sind die Menschen, die mich berührten und die ich berühren durfte.

„Mein Name ist Andreas. Jetzt bin ich schon 12 Jahre alt und doch noch ein Kind. Weil ich spiele, spiele mit Figuren, die friedlich in den Tag hinein leben.

Doch das ist nicht das wahre Leben. Viele Menschen bringen sich um. Ja, die meisten sogar weil es ein anderer befiehlt.

Warum zerstören sich die Menschen? Warum tun sie das?

Auf diese Frage habe ich immer noch keine Antwort und darum spiele ich um die Wahrheit zu vergessen.

Ich hoffe, dass eines Tages keiner zu mir sagt: „Töte deinen Feind!" - Ich will ihn nicht töten, sondern ihm vergeben.

Ich hoffe, dass dies noch viele lesen und sehen und verstehen werden. Mein Name ist Andreas. "

Andreas Ruepp
Tagebucheintrag 26.08.1981

FSC
www.fsc.org
MIX
Papier aus ver-
antwortungsvollen
Quellen
Paper from
responsible sources
FSC® C105338